梅花帳

朱少璋 著

匯智出版

責任編輯：羅國洪
內文繪圖：亞　正
封面設計：洪清淇

書　名：梅花帳
作　者：朱少璋
出　版：匯智出版有限公司
香港九龍尖沙咀赫德道二A
首邦行八樓八〇三室
電話：二三九〇〇六〇五
傳真：二一四二三一六一
網址：http://www.ip.com.hk
發　行：香港聯合書刊物流有限公司
香港新界大埔汀麗路三十六號
中華商務印刷大廈三字樓
電話：二一五〇二一〇〇
傳真：二四〇七三〇六二
印　刷：陽光(彩美)印刷公司
版　次：二〇一四年十一月初版
二〇一七年九月增訂第二版
國際書號：978-988-77711-9-7

目錄

【推枰錄】

楔子

梅花帳

路上只我一個人，背着手踱着，這一片天地好像是我的；我也像超出了平常的自己，到了另一世界裏。我愛熱鬧，也愛冷靜；愛群居，也愛獨處。

——朱自清〈荷塘月色〉

獨宿是養生；獨處卻是修養，非關女色。

古人談養生之道大都強調「獨宿」。廣成子說「服藥千朝，不如獨宿一宵」。包恢八十八歲猶精神壯旺，賈似道向他請教養生竅門；包恢自謂「全靠吃了五十年『獨宿丸』」。賈似道好色，吃「獨宿丸」對他而言是知易行難。即使有人把句讀取巧點在「五」和「十」之間，變成了「五至十年」的意思，看來亦不易辦得到。《山家清事》談到「梅花紙帳」也提及「服藥千朝，不如獨宿一宵」。「梅花紙帳」是以紙和小量薄布鋪搭而成的床具。紙帳內可以清坐可以掛衣可以貯書看書可以插花賞花可以薰香可以做夢。在想像中，這種紙帳有點像紙糊的大燈籠。紙帳低垂，帳內的人和物都變成了畫幅中的點線面，幢幢人影卻像素箋上書法的點橫撇捺：纖瘦的是徽宗瘦金，雅逸的是右軍蘭亭。這片清雅的小天地容不下兒女私情，《山家清事》強調「倘未能以此為戒，宜亟移去梅花毋汙之」。

包恢是包青天的九世孫，做過尚書，書一定讀得不少；能把「獨宿」說成「丸」，出語殊妙。賈平章縱然辨不到但也一定聽得出趣味。強調「獨宿」畢竟「道氣」太濃「藥味」太重，所謂養生真訣從古至今都盡是老生常談——養了生卻悶死了人！我卻愛朱自清在〈荷塘月色〉中說的「愛群居，也愛獨處」；把「獨宿」換成「獨處」，幽雅得多也受用得多。周國平〈論獨處〉說「獨處的確是一個檢驗，用它可以測出一個人的靈魂的深度，測出一個人對自己的真正感覺」——寫作或做學問的人很需要「獨處」，正因為深度和感覺都極其重要。作家或學者不甘於獨處的話，到頭來只會是欠缺深度與感覺麻木。

「獨處」可以包含「獨宿」的意思：樂府〈青溪小姑曲〉的「開門白水，側近橋梁；小姑所居，獨處無郎」講的就是這個意思。但「獨處」卻又另有一層「不與眾偶」的深意：宋玉〈對楚王問〉的「夫聖人瑰意琦行，超然獨處」指的是特立不群。「獨處」是不同於俗流，這正是作家和學者都應具備的「瑰意琦行」。太多酬酢或太容易隨波逐流，對作家和學者來說，都不是好事。太多酬酢是精力和時間上的消耗，太容易隨波逐流則是品味與思想上的庸俗化。怎奈精力、時間、品味和思想正正是作家或學者必須具備的，看來不甘獨處的話，就莫要寫書莫要讀書了。少年時在歌樓上聽雨，坐的是流蘇帳是芙蓉帳，芙蓉帳暖春宵苦短；一轉眼步入中年要坐的卻應該是可供獨處的梅花帳。

在這個年代要獨處實在談何容易。單說手中一部智能電話，就可以使人思接千載貫通南北神游物外。余光中筆下的「催魂鈴」畢竟是帶線的固網電話，今天的智能無線電話直是修煉千年脱掉尾巴的狐仙，隨時登堂入室無孔不入。「面書」(facebook)與「蝸濕」(whatsapp)一個是「心猿」一個是「意馬」，組群處處電話微響彈指之間令你魂飛魄蕩。網絡上新知舊雨圖文並茂個個「音容宛在」，瞻之在前忽爾在後總之是不勝其煩不請自來又揮之不去。在千禧年代要「獨處」也殊不容易，那些不分領域，超越宗教、國家、民族，本於良知與理性而皆為人們認同的價值理念，是誰都可以利用或亂用的公器。普世價值儼然是價值的母題，並非神聖卻多是老生常談，一旦講得太多又非本着真心，就容易變成齊宣王御樂團中南郭先生的濫竽——都是胡吹！人生實在需要一點點不必普世而尚有價值的「獨處」。像早年出版的散文集《佯看羅襪》試過拷貝成電子書，如今想起來總覺一試無妨再試就無聊了。印書向來被認定是禍棗災梨，年初就有人在東莞汽車總站高舉「一千本書＝浪費一畝森林」的「環保」標語。這些人覺得「使用」就等如「浪費」，心中計算的只有 price 而沒有 value，但這些人卻可以一開口就跟你大談普世 value——像這些想法到底普世不普世？又 value 不 value？總之是沒有公開拒絕或反對的理由。幸好我們還可以選擇「獨處」：任你把環保的前提說得多大又多動聽，或者把讀者的閱讀習慣說得多前衛；個人還是喜愛紙本。我是連網絡發表都不喜歡，獨愛白紙黑字分明具體而實在。你愛把「不看書」或「不看紙本書」講成是世界潮流或不爭的事實，我卻可以繼續無理地堅持，繼續動筆、繼續出版紙本書。所謂無理地堅持聽起來帶點橫蠻，換個詞兒說「感性地堅持」大概容易令人接受。那是說：一本放在架上的書，我相信這部書必定有它的讀者。賣得出去的書是嫁了出去的女兒，少談浪費不浪費；賣不出的書不妨留下用來糊個罩床的梅花紙帳。書頁糊成的紙帳上小字密密麻麻像窗外春雨秋雨，可以細看。

人生難得有一襲屬於自己的梅花帳，需要時可以遺世獨立可以和而不同。可惜現實生活與所謂的普世價值卻硬要把人逼進集中營去。只聽說有「不善交際」這回事，卻鮮有聽說「不善獨處」。交際是能力試問獨處又何嘗不是？熊十力先生做大學問，居處門外恆常掛牌謝客。中國哲學會請他當委員，他開出的條件是一不開會二不改造思想——獨處能力很大程度體現在拒絕能力之上。熊先生有他自己的梅花帳，無論在生活上在思想上，都敢於離群敢於拔俗；一屏紙帳抵得住紅塵萬丈。熊先生曾住在徐復觀先生家，熊先生問剛滿三歲的徐家幼女：「你喜歡不喜歡我住在你家？」「不喜歡。」徐家小妹妹天真爛漫童言無忌亦敢於拒絕：「你把我家的好東西都吃掉了。」熊先生聽了非常高興，說：「有出息！」

愛群居
也愛獨處
朱自清句
甲午春

畫餅錄

老婆餅

餅餡瓜薯賞讚多。皮酥味美任傳訛。
憐卿儘有單身漢，爭向爐前喚老婆。

那一款酥皮甜餡餅為甚麼會取名為「老婆」？跟及第粥、東坡肉或宋嫂魚一樣，命名的傳說人云亦云，莫衷一是。但以老婆為名，畢竟溫馨，加上賢妻向來與中饋飲食有關；將酥餅喚成老婆，容易上口、容易聯想。叫妻子餅、夫人餅或內子餅就太文藝腔了，總叫不出夫妻間的真摰感情。倘稱「賤內」或「拙荊」，就更加不合時宜。

單身漢在餅店內大叫「老婆餅」時，「老婆」二字叫得特別興奮也特別賣力；一派「大丈夫何患無妻」、「呼之則來揮之則去」的氣概。文君當爐，賣的是甚麼酒也似乎沒有人記得。醉翁之意從來在山水之間而不在酒，口舌輕狂難得有機會在公眾場合大叫「老婆」，誰會錯過。至於「老婆」和「餅」究竟孰本孰末，實在是很難講得清楚的。

聽過一個冷笑話：一個快要餓死的人卻幸運地撿到有求必應的「神燈」。快要餓死的人有氣無力地向燈神說：「我很想要老婆……」燈神聽了即時罵他：「都快餓死了，還要老婆！」故事的結局本來是「可憐那快要餓死的人原來還有一個『餅』字未講出口」。故事如果給改編成「那快要餓死的人只想見老婆最後一面」，把見老婆最後一面看成比延續生命還重要的情節，在這個世代裏且不妨與「神燈」等天方夜譚歸為同一類——都屬超現實。燈神無情，罵那漢子「都快餓死了，還要老婆」；當然，如果那漢子向燈神要的不是「老婆餅」而是「叉燒包」或「水餃麵」，儘管斷句不佳引起歧義，但好歹也有「叉燒」「水餃」可吃。

餅餡似茗香
賞讚多
皮酥味美
任傳說
燒鄉售
有單身
漢爭向
攤前
喚老婆
甲子春

冷麵

麵涼冰感腋風生。瓜蔔微酸近橘橙。
莫誤簡繁形義異，惹人冷面説無情。

延吉冷麵帶酸不太辣，冷麵上的酸蘿蔔都切細絲，蘋果或梨都切成薄片，加上一撮辣白菜；冰冰涼涼酸酸辣辣，一吃難忘。肉不多，四五片而已，絕不僭越。反而那枚熟蛋有趣，浮在湯汁上像一個雪孤島，笨頭笨腦毫不起眼。冷麵一來我就先挑艷紅的辣白菜來吃，當地人卻說應先吃熟蛋。原來麵條冷食容易刺激腸胃，先吃熟蛋可以保護腸胃，還有助消化。

在延吉市短短七八天就吃過三次冷麵，依然恨少。同行的人未必都喜歡，總不能天天嚷着要吃冷麵。今天想起來，湯汁似乎是帶點米醋的香，吃的時候可惡得很老是想不起來。

在延吉，街街巷巷都有冷麵店；盛夏路過長街也好窄巷也好，一見店子玻璃門上䝉的「冷」字就感到莫名的透心涼。可惜「麵」字都作簡體，「冷麵」都變成了「冷面」。二〇〇九年韓國歌手Jessica和朴明秀合唱〈冷麵〉，歌詞寫得出「感覺牙齒很冰冷」的感覺，也寫到了「很硬很韌」的麵條。事實上歌詞是一語雙關，借「冷」字暗示「無情」。同年夏天我在延吉的旅途中寫下了「莫誤簡繁形義異，惹人冷面說無情」，意外地結了一趟中韓的詩詞因緣。

嬌滴滴俏生生的 Jessica 跟朴明秀合作有人說是「美女與野獸」也有人戲稱是「父女」組合；前者講得涼薄後者不無尖酸——都無情。細味起來，也真帶點「冷面」和「冷麵」的特色。

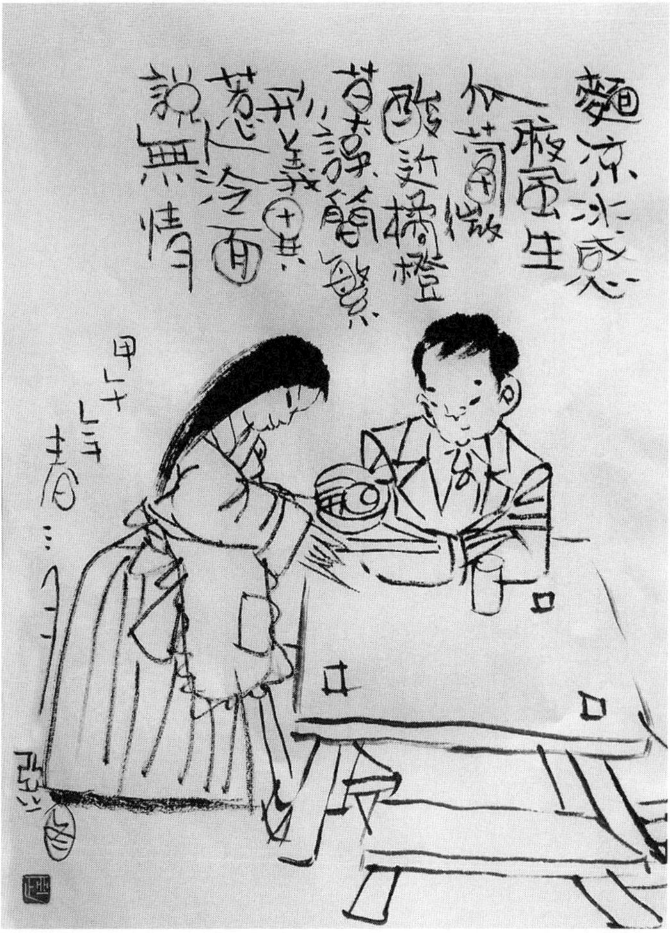

麵涼冰爽
一般蛋生
酸辣橘橙
芥辣、簡繁
形義異、
惹人冷面
說無情
甲午年春三月

鹿茸

秦時失鹿今能逐，千載悠悠事未忘。
此日延邊山下鹿，已難掛角學羚羊。

鹿茸是鹿科動物頭上尚未骨化的幼角，聽說具滋補作用。
「鹿」在中國傳統文化中別具意義：「秦失其鹿，天下共逐之，於是高材疾足者先得焉。」司馬遷提到秦人所失的「鹿」，大概可以象徵統治權或政治利益；因此天下人群起共逐。《六韜》有「取天下若逐野鹿，而天下共分其肉」的話，說的是「共分其肉」，卻還沒有提及那珍貴的「鹿茸」。看來古人單純，「共分其肉」只是為了果腹，沒有想到「滋補」的問題。我胡想：在「天下共分其肉」之後，大家各取所需後一哄而散；現場只剩下一地血污和一雙鹿角。一個路過的小伙子見四野無人，把鹿角帶回家……年輕的小伙子會不會就是後來的劉邦？會不會就是更後來的朱元璋？

帶角的鹿應該向羚羊學習。《埤雅》說羚羊「夜則懸角木上以防患」。羚羊這門掛角本領連嚴羽的《滄浪詩話》都提及，還引伸到「透徹玲瓏，不可湊泊」的詩境上去。可惜《埤雅》沒有進一步說明「懸角木上」後又該怎樣才可以回到地面。掛在樹上的羚羊或鹿，倘遇上獵人而一時間又不能下來，那不是坐以待斃、死路一條嗎？也許，人和動物求的都只是一時半刻的苟活，生存其實只是「拖延死亡」，怎樣磨蹭拖拉求的不外是一息尚存——何必想得太多，掛在樹上的羚羊已呼呼入睡了。

秦時失鹿今能逐
千載悠悠事未忘
此日延邊山下鹿
已難掛角學羚羊

菜狗

自翻青史悟新評。世易時移百感生。
莫信弓藏飛鳥盡，未擒狡兔狗先烹。

談到吃狗一定引起很多討論，支持和反對的都各有理據。只是該不該吃狗這回事是有理也未必說得清的。可能有人會認為禁吃狗卻不禁吃豬吃牛，就未免對豬牛雞鴨不公平；為了公平起見，爭取吃狗權。也可能有人會認為狗肉也是肉類的一種，跟豬肉牛肉一樣；為了一視同仁起見，爭取吃狗權。老實說，我實在沒有興趣舉證討論，我只是單純地認為，如果狗隻真能煥發部分人的同情心，我是絕對情願「犧牲」吃狗權的。類似的所謂「犧牲」其實一點都不偉大，正如支持吃狗的人也不一定就是喪心病狂。

我們不能說「禁吃狗」就是普世價值，但最起碼動機不壞，最重要是容易實行。不吃狗在生活中會引起多大不便？不吃狗會在生活中激起多大的波瀾？千禧年代我們基於環保理由可以不吃魚翅不吃髮菜，為了一點點同情心不吃狗肉也沒甚麼大不了。

在「吃狗區」生活的人都清楚知道，日常吃的狗是「菜狗」而不是一般給主人叼拖鞋銜報紙的寵物狗。那是說，在「吃狗區」生活的人絕不會吃掉鄰居的金毛尋回犬。「菜狗」可吃，才明白《閱微草堂筆記》中「婦女幼孩，反接鬻於市，謂之菜人」的「菜人」也可以吃。看來在任何詞語前加上「菜」字，大家就會吃得心安理得。屈大均的〈菜人哀〉說「兩肱先斷挂屠店，徐割股腴持作湯」，寫得動魄驚心；這些血淋淋的描寫在影視監管標準下是要用「馬賽克」處理的——其餘幾句真的不忍引錄了。

吃人的年代大家都諱稱那些「菜人」為「兩腳羊」。如今換個角度，把狗隻聯想為「四腳人」，也有道理。

註：馬賽克（Mosaic），建築專業名詞為錦磚，通常使用許多小石塊或有色玻璃碎片拼成圖案。馬賽克也指現行廣為使用的一種圖像（視頻）處理手段，此手段將影像特定區域的色階細節劣化，目的是使某些圖像無法辨認。

自翻青史
新評
世易時移
百感生
莫信弓藏
飛鳥盡
未擒狡兔
狗先烹

人參

回生有令閻王管，起死人參事亦奇。
千古北邙山畔景，白楊衰草雨絲絲。

武俠小說中最可惡者莫過於「易容術」與「千年人參」。武俠小說只要出現「易容術」就暗示作者技窮。「易容術」太超現實也太厲害，誰都可以百分百變成另一個人，言行舉止千變萬化。有了這種「技術」，作者就可以毫無顧忌地寫。遇上犯駁不合理之處，就來一次易容。至於起死回生的「千年人參」比「易容術」更可惡。現實中「死亡」是人生句號，但「千年人參」可以把句號改成逗號；其實也許是作者寫得過了火或忘記了情節，錯把不該死的角色弄死了，算是意外。角色次要的話，死有餘辜。倘角色重要，則出動「千年人參」活命；像這樣的情節安排，不是運用技巧，而是在運用特權。

乾隆皇帝吃的不是「千年」人參。《上用人參底簿》中記載乾隆皇帝兩年內服四等參三百五十九次、凡三十七兩九錢。乾隆活到八十九歲算是高壽，但細心一想：盛世天子養尊處優就算不吃四等人參興許都可以活到八十八。一位外國使節見過八十三歲的乾隆，在回憶錄中說「望之如六十許人」；那是說外貌年輕了整整二十年！六年後乾隆駕崩，遺容也許還是「如六十許人」吧——這又會否給人「天不假年」的錯覺？

金庸在《書劍恩仇錄》的後記中說他把乾隆「寫得很不堪，有時覺得有些抱歉」。金庸實在不需抱歉，畢竟小說中沒有用上可惡的「易容術」或「千年人參」。即使把乾隆寫得壞一點也沒所謂，只要不讓他「復活」就行了。

生有令閣幕管起死

人參事示

奇千古北邙

山瞑祭

白楊衰

草雨憖憖

甲子春雨 亞之病目

31

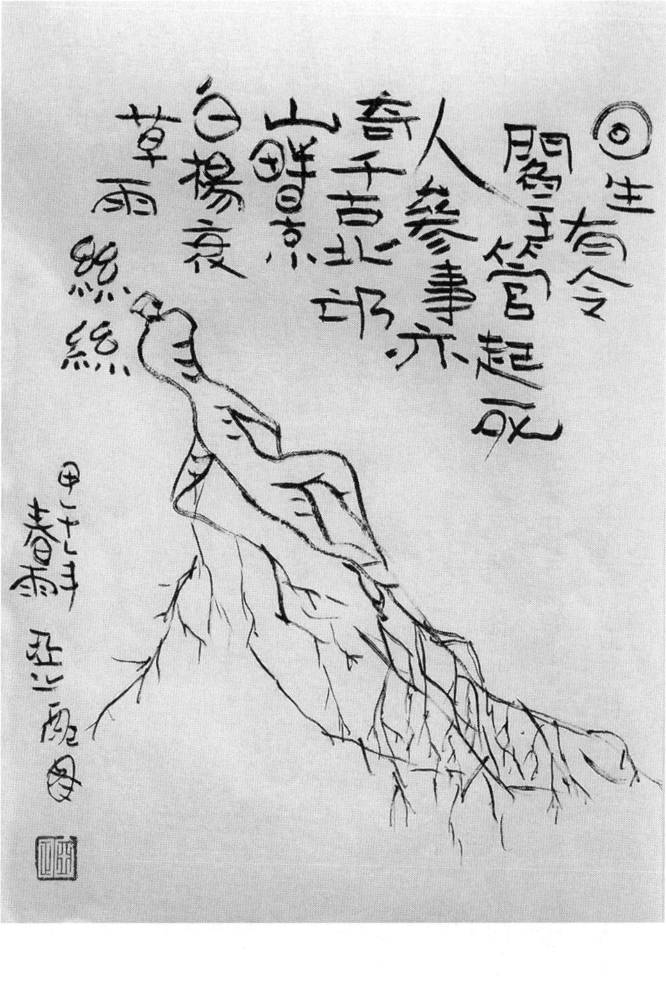

木耳

樹雞為號不能鳴。木耳誰呼不聽聲。
獨羡文公好手段，乖龍左耳割鮮烹。

木耳又名「樹雞」，兩個名字都有趣：稱「耳」則不能聽，其實指的是木上附生的耳狀菌；稱「雞」則不能鳴，其實指的是其味鮮美如雞。韓愈的〈樹雞〉詩詠的正是木耳：「煩君自入華陽洞，割取乖龍左耳來。」《艇齋詩話》引柳宗元《龍城錄》解釋典故：「茅山處士吳綽因採藥於華陽洞，見小兒手把大珠三顆，戲於松下。綽見之，因詢誰氏子，兒奔忙入洞中。綽恐為虎所害，遂連呼相從入，得不二十步，見兒化龍形，一手握三珠，填左耳中。綽以藥斧斫之，落左耳，而失珠所在。」韓文公以龍耳喻木耳，是以虛寫實。

李時珍《本草綱目》說「木耳各木皆生，其良毒亦必隨木性，不可不審」。傳說長在楓木上的木耳含劇毒，誤食會使人狂笑不止；也不知有沒有解毒方法？如有，偶爾狂笑一番也是好事。二〇一三年二月二十八日美國CBS電視台一名新聞女主播在直播室報道一則「肥貓學游泳減肥」的新聞時，突然面對鏡頭失控地狂笑，該片段立即在網上瘋傳。有人在網上留言說不明白女主播為何突然狂笑。其實在日常生活中突然哭起來或突然笑起來是大家都經驗過的，事屬正常。我曾經看過一個演員在舞台上突然大笑不止，連對白都無法交代。觀眾卻沒有喝倒采，大夥兒還來一個哄堂大笑；氣氛好得不得了。

腸胃有問題的人也會偶爾服用適量的瀉藥。都市人笑容太少，少到接近「便秘」的地步，楓木上的木耳倘能令鐵青着的臉瀉出幾分鐘笑容，只要不搞出人命，也算是個戴毒立功。

樹雞為號不能鳴
木耳誰呼不聽聲

茶

世務勞勞西復東。曇花水月太匆匆。
敲冰茗煮呼朋至，惜取茶甘笑語同。

每天都要喝茶。

與其說「喝茶」，不如說是為了要「泡茶」。泡茶是半帶儀式意味的活動，要認真，要投入。每天提早大半個小時上班，為的就是進行這「儀式」。泡茶能令人感到愉快，主要原因是當中蘊含「烹飪」元素，而目的又並非為了果腹。

「烹飪」一般涉及具體製成品，在過程中就滿有期待。「烹飪」若非為了果腹，那就與「欣賞」更接近了。有「期待」有「欣賞」，愉快是必然的了。泡茶的樂趣若要取譬，大概跟預備夜宵相類。寒夜失眠，窗外下着雨，亮起半廚燈火在灶旁煮麵條。麵條分量不必多，反正不為果腹。看冰箱裏還有沒有剩菜餘葷，有也好、沒有也不打緊……這時，你會覺得自己是最幸福的人——我在泡茶過程中就常常生起這種愉快和幸福的感覺，尤其在斗室內泡茶，感覺就更具體了。村上春樹《蘭格漢斯島的午後》中有一篇〈小確幸〉，「小さいけれど確かな幸せ」說的正是生活中「微小但確切的幸福」。

喝酒的道理似乎也相類近。喝酒不能帶出「小確幸」，反而煮酒就很有

「小確幸」的感覺。泡茶近於優雅，可以論道可以談天說地；煮酒近於豪邁，可以論英雄可以指點江山。倘若真個如晏殊〈訴衷情〉中說「青梅煮酒鬥時新，天氣欲殘春。東城南陌花下，逢着意中人」，這「逢着意中人」的「確幸」就可真不算「小」了。

世務勞勞西復東、雲
花水月太匆匆敲冰茗煮
呼朋至惜取茶甘
笑語句
甲午七月

水

紅塵失調味無多。一水天涯隔井河。
珍重遠來涓滴意，不堪茶色動簾波。

妙玉用貯了一年的雨水泡「老君眉」，又用梅花上的雪水泡「體己茶」與寶釵黛玉共品。話説梅花種在玄墓山上的蟠香寺，花瓣上的雪也許都慣聽梵經，在瓮中一貯又是五年，修心養性，這雪水也許帶點「禪」味。妙玉有潔癖，泡茶用的雨水也好雪水也好都不曾着過地。用水用到這個地步真是出神則有之入化倒未必。陸羽論水倒腳踏實地，講的是山水、江水和井水。《煎茶水記》索性把雪水列在最末一位排第二十，還注明：「用雪不可太冷」。

《紅樓夢》論水最精警的不是妙玉而是寶玉。寶玉名句「女兒是水做的骨肉」雖說論人但實在是以水為喻。寶二爺說見了女兒便「清爽」，這正是「水做骨肉」的效應。古詩有「妾心古井水」的妙喻，女兒家心事只有用「水」字才可以講得明白。如果「女兒是水做的骨肉」可以成立，「男人是泥做的骨肉」或可以優化成「男人是茶做的骨肉」。茶水因緣微妙離奇——沈長卿在《沈氏日旦》中說：「茶為水骨，水為茶神。」

清明前遊杭州虎跑寺順道帶回一小瓶虎跑泉水，泡的雖是三等龍井但茶湯還是非常飽滿，很有張力。自覺三等貨色實在配不起虎跑甘泉，只是效果依然不俗。看來唐伯虎把「駿馬每馱癡漢走，巧妻常伴拙夫眠」看成是世間第一等不平事，還大罵「不會作天莫作天」；大可不必。妙玉就是連用陳放了一年的雨水泡茶都説「如何喫得」，把好水配好茶看成是終身大事。《紅樓夢》寫妙玉走火入魔時所見的幻象寫得精彩：「……便有許多王孫公子，要來娶他；又有些媒婆，扯扯拽拽，扶他上車，自己不肯去。一會兒，又有盜賊劫他，持刀執棍的逼勒，只得哭喊求救。」讀者多罵高鶚續寫得不夠好，但八十七回這一段「妙玉魔境」卻實在續寫得絲絲入扣。

紅塵失調味無多一水天涯
隔井河珍重遠來消渴意
不堪茶色動簾波

奇異果

嘉果獼猴域外珍。更名奇異頗傳神。
連城白璧千金價，難贖文姬作漢人。

中國的「獼猴桃」一向寂寂無聞，打從一九〇四年伊莎貝爾把獼猴桃種子帶回紐西蘭後，園藝專家亞歷山大在彼邦成功培植並易名為「奇異果」，至今大行其道。奇異果營養豐富，近年又與美容拉上關係；偏愛把食物敷糊在臉上的女士們一定喜愛。

換過國籍換個名字，價值就有雲泥之別。韓寒看《建國大業》的演員國籍表有感而發，感慨不少中國明星原來是外國國籍：「一個國家，能讓這麼多藝人轉變國籍，這個國家一定是有他的責任的。」依我看來，演員名單上這批名字可幸還是挺「中國」的，算是換了湯卻未曾換藥。最起碼日常生活交際活動中，我們總不會一開口就說「請問你是甚麼國籍？」如果連名字都換成該國該地的地道名字就有點問題。比如一位金髮拉丁壯男在自我介紹時說自己的名字是「姿三四郎」或「歐陽無敵」，就肯定很惹人注意——惹人注意這回事到底是好是壞，就不好說了。

演員的國籍大概只能引起韓寒的注意。運動尖子因事涉勝負又關乎國體面子，改換國籍卻是異常矚目的事情。在世界級的重要賽事中，類似「獵猴桃」跟「奇異果」對陣的事不是沒有發生過；而「奇異果」勝出亦時有所聞。一九九四年代表日本參加第十二屆亞運會、戰勝中國大陸的喬紅和鄧亞萍而獲乒乓球冠軍的日籍運動員小山智麗原名何智麗，本來是地地道道的上海人。同年四月國務院副總理朱鎔基訪問大阪時，兩度接見智麗小姐的翁家；「你們娶了我們的一個世界冠軍，也得還給我們一個世界冠軍呀。」朱鎔基對小山家的籐兵衛說。朱總倒把奇異果中的點點醋味和酸味說得清楚說得明白，也說得異常坦白。

註：小山籐兵衛是小山英之的父親、智麗小姐的家翁。

嘉果獼猴
域外珍
更名奇異
頗傳神
連城白璧
千金價
難贖文姬
作漢人

朱古力

愁煞多情冒辟疆。舶來果餌作圓方。
朱家古力甜如蜜，不記秦淮董姓糖。

西西的〈可不可以說〉對讀者的啟發真大，她的「一雙大力水手」和「一畝阿華田」確是神來之筆。類似這些趣話，絕對可以說、應該說也不妨多說。要使萬物有情不妨先由胡思亂想入手：按着百家姓的思路想開去，原來不少食物都可以有名有姓。比如說陳皮、麥片、黃豆、元貝、胡椒、馬鈴薯、蘇眉、白果、龍眼、石榴、香蕉……

《崇川咫聞錄》說「董糖，冒巢民妾董小宛所造」，「巢民」就是明末四公子之一的冒辟疆。吃甜食令人感到愉快，更何況是美人製造、名士進食，甜得格外有風味；此後酥糖都要姓董了。董糖姓董，那麼，可不可以說「朱古力」其實是一位姓「朱」的美人？冒辟疆生性風流，先後愛上陳圓圓和董小宛；大美人「朱古力」小姐祖籍墨西哥，能巧用可可豆製作糖果，這種糖果方圓大小色色俱全，味甜如蜜。此後如臯水繪園中董糖冷落，朱古力卻成了「何可一日無此君」的新寵。傅庚生在〈深情與至誠〉中說「冒襄之視小宛，亦娼優蓄之耳，心坎未必有深情」，又批評他的《影梅庵憶語》「文字亦何嘗出至誠耶」——這些材料都方便穿鑿，容易附會。

朱古力外傳中的虛構情節也許唐突了前賢，只是一想到董小宛就是董鄂妃的野史傳聞，就不妨放起膽來以訛傳訛。陳寅恪先生說「小宛之非董鄂妃自不待言」，但「然則小宛雖非董鄂妃，但亦是被北兵劫去。冒氏之稱其病死，乃諱飾之言歟」的說法又吹皺了文學創作後園裏的另一池春水。冒辟疆如假傳小宛死訊，「外傳」中那位朱家美人是否可以趁此良機乘亂混水嫁入冒家？後來卻又為何改名換姓作「巧克力」？凡此種種，都在西西「可說」或「不可說」之間。

愁煞多情冒路彈
船來果餌作圓方
朱家古力甜如
蜜不記秦淮
董姓糖
2014.3

菠蘿香腸串

稚子殷勤奉客嘗。菠蘿透得嶺南香。
愁來卻動陽關感，滿席分梨與斷腸。

周邦彥寫過「纖手破新橙」的名句，還有人附會那是李師師的纖手。「橙」在古典詩詞中甚少見，寫得出色者更少；周邦彥這一枚宋朝新橙到今天還不曾變舊，為後人所津津樂道。古典文學中以「破新橙」為香艷，以

「分梨」為哀怨。只因「梨」「離」諧音，「分梨」就有了「分離」的意思；從前家中長輩確是梨不分食的。

「菠蘿香腸串」是把切好的菠蘿和香腸用竹籤穿成一串的派對小食；有果有肉，很受歡迎。只是一想到「菠蘿」又名「鳳梨」的事實，既「分梨」又「斷腸」盡是生離死別的暗示。

有一種名叫「永不分梨」的酒，窄口的瓶子內白酒浸釀着一枚完整的大梨。初看是感到有點驚異的：瓶中的那枚梨，無論如何都不可能通得過窄長的瓶口。卻原來當樹上的梨子還小的時候就已給套在瓶子裏養，瓶子是玻璃，可以透光。梨子長大成熟了就連同瓶子一起「收割」，再在瓶子裏注滿酒。高濃度的酒精可以防腐，算是保得住「永不分梨」的願望。做這種酒工序繁複，世人費盡心思又大費周章，為的只是求取席間那片刻團圓。

王維送元二出使安西，餞別時有「勸君更盡一杯酒，西出陽關無故人」之句；下酒的小食，會不會就是菠蘿香腸串？倘若元二看到玻璃酒瓶內的那枚梨，一定感慨萬千。

稚子殷勤奉客嘗
菠蘿透得嶺南香
愁來卻動陽關覺
滿席分梨與斷腸
23/3 2014 CHAN

棉花糖

老來糖棒惜春陰。蠶吐絲柔雪滿簪。
別有還童丹訣在，微棉能護赤誠心。

鍾曉陽〈販夫風景〉寫賣棉花糖寫得傳神：「一枝空棒子繞着輪子轉，輪子嗤嗤地吐絲，結成一個碩大的球，比小孩的頭還大，粉紅色，又是一朵天上的雲霞。簡直吃空氣一般。幻滅之快的，咬一口，便沒了，僅僅留下糖液在齒縫間。」棉花糖是童年零食、童年回憶的地標，既經典又有代表性。作家多愛寫棉花糖而少寫另一款顆粒狀的棉花軟糖，只因棉花糖輕飄飄的糖絮更具童真更具詩意。歸納所得，顆粒狀的棉花軟糖軟綿綿卻少了一種幻滅的感覺。對比之下，繞在棒上的棉花糖其實更像雲，就是這一點優勢，討盡了作家的歡心。

陶潛說：「雲無心以出岫」，「無心」就近乎童心。Gavin Pretor-Pinney 成立的「看雲協會」網站，獲選為英國 Yahoo 2005 年最佳「怪奇網站」。Gavin Pretor-Pinney 在《看雲趣》的自序中說：「看雲賞雲，乃是一種無憂無慮、無為無求、無窮無盡、此生不渝的志趣。」序文中的幾個「無」字最堪玩味。有雲就有想像，時而白衣時而蒼狗可以是毫不相干的風馬牛，抬頭指指點點說說笑笑可以度過一個悠長的下午。

是的，我們的生活、我們的教育實在需要多一點點對雲的聯想，而不是對雲的認識。你看棉花糖歷久不衰就明白這正是我們生命中樂意承受和領受的「輕」。可惜我們的孩子和成年人都抬不起頭做人了，整天為着「愛瘋」而低首。很高興知道不少初中中文科課本都選教鍾曉陽的〈販夫風景〉，但「高興」也很快幻滅了——我的天！原來用〈販夫風景〉來教人物描寫。

老來糖棒惜昔春
麥蚜出絲耐嚴寒
滿筲口於有更遠
童丹訣在
做根能護卉誠心

校法糖

甲午年春雨邨
亞心繪圖

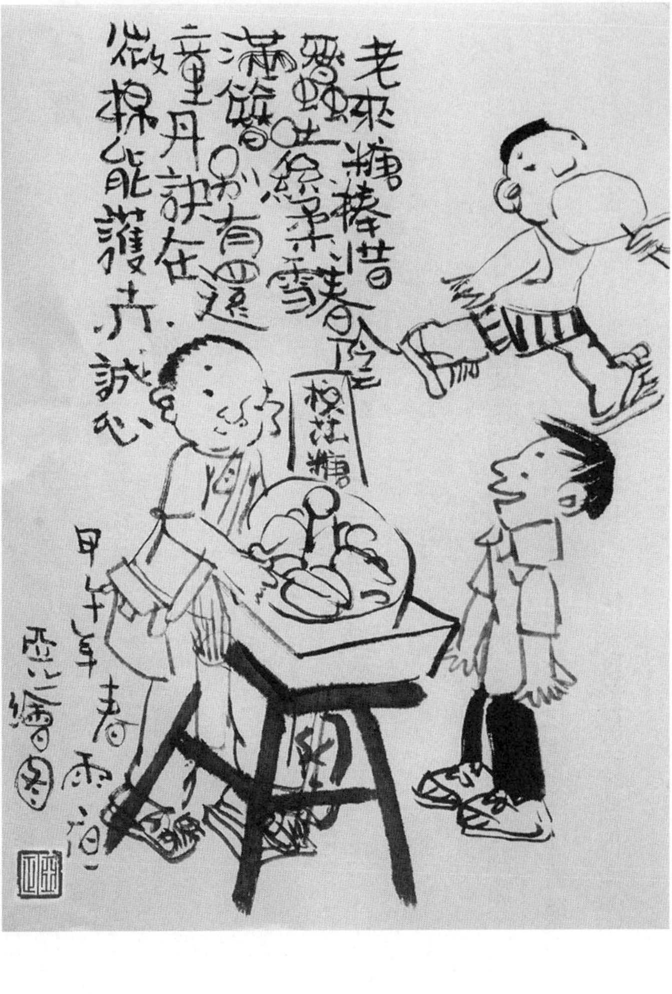

XO醬

花紅葉綠各千秋。不薄山珍重醬油。
最是耐人尋味處，蝦乾元貝一瓶收。

商務印書館第六版《現代漢語詞典》收錄了「西文字母開頭的詞語」，卻被部分學者指為「違法」，還聯名去信國家語委等部門投訴。中國傳統文化研究會副會長張祖光等人將一封由北京百名書法家聯署的〈呼籲保衛漢字漢語》信函送交國家語委，呼籲不要將「字母詞」寫入《現代漢語詞典》。

XO醬名字有趣，看起來中英夾雜，該算是「西文字母開頭的詞語」。「XO」二字易寫，「醬」字字畫繁多；相映成趣。XO是「extra old」的簡稱，在白蘭地中表示「特陳」的意思。XO醬卻與白蘭地無關，指的是由蝦乾元貝辣油混合而成的醬料；命名大概偏義取「extra」的「特」義不取「陳」義，以標榜該醬料「特別」、「特級」或「特等」。當年何淡如可以對出「三星白蘭地，五月黃梅天」的出格妙聯，今天「extra old」與中式醬料在名字上組合一下，諒亦無傷大雅。錢鍾書說不必要的中英夾雜「好比牙縫裏嵌的肉屑，表示飯菜吃得好」。硬要去掉「XO」另作「醬皇」，牙縫間的肉屑是沒有了，但「皇」字卻成了裝模作樣的鑲金大門牙，令人一看見就笑了出來。

XO醬名字帶「西文」，口味卻完全是中國風味。豐子愷筆名「TK」，他在畫作上也常用毛筆署「TK」，署款雖是洋文，但運筆還是典型地道的書法點畫，絕非「牙縫間的肉屑」。細看《現代漢語詞典》中那二百三十九個「西文字母開頭的詞語」，獨缺「XO醬」，就有點不是味兒。

花紅葉、綠
各千秋
不薄山
珍重醬
油最是
耐人尋味、
處蝦乾元貝一瓶收
XO
XO
XO

山葵

片魚點綠味尤鮮。巧取山葵作末研。
席上英雄情似水，各彈清淚到樽前。

認識山葵末，是因為日式生魚片。生魚片上的一點嫩綠，嗆着喉頭鼻竇；鼻腔一陣酸麻，人會禁不住流下淚來。山葵末雖俗稱「日本芥醬」，其實與「芥」一點關係都沒有，算是飲食聯想上的負遷移。吉田光邦編著的

NAORAI Communion of the Table 收錄了岩崎灌園繪畫的山葵圖，那株山葵繪得連根帶葉，還著幾朵白花，看起來很有蔬果清供的雅趣。

山葵嗆鼻催淚的特點頗受歡迎，成了日本料理的點睛之筆。文章如細膾，食不厭精；若能配合一點點觸動感情的山葵，一定大佳。都說研磨山葵末要用鯊魚皮，也真講究。鯊魚皮曾經滄海，磨出來的山葵末自是另有一番滋味。李義山〈登樂遊原〉由向晚意不適寫到驅車登古原，看見夕陽無限好；「近黃昏」就是那一點點嫩綠的山葵末——那該不算是感動，而該是感觸。日本詩人松尾芭蕉向朋友借五銀錢作路費，在信中聲明「容當奉還」，但信末還不忘說句「唯老夫之事，亦殊難說耳」。松尾芭蕉大概慣吃生魚片，山葵分量下得恰到好處，韻味隱約而會心。

文章中山葵下得太多，不是「催淚」便是「催情」。若以「催淚」為

「彈」，「催情」作「藥」，則彈雨槍林、藥石亂投，容易害人害己。尤其如今人過中年，哀樂要求中節，寫作和閱讀的情緒都不宜起落太大。亂以山葵作彈藥之作實在不敢多讀也不敢多寫，只是知易行難——唯老夫之事，亦殊難說耳。

宝魚點綠味，犬鮮巧取作山葵
末和英
席上英雄情似水
各彈清涙
別樽前

甲申之冬

67

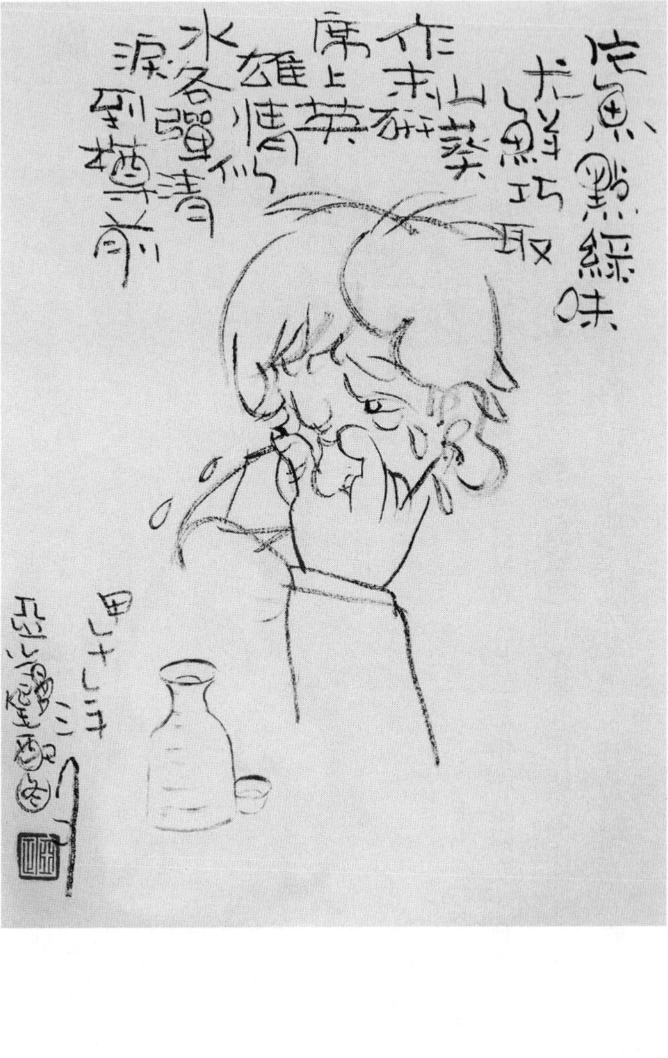

豆腐

齋廚蔬素間黃粱。樂毅劉安有主張。
不是聞雷投匕箸，燃萁煮豆惹神傷。

「吃豆腐」有兩個意思，其一是指進食豆腐，其二是指調戲婦女。林海音寫〈豆腐頌〉沒有寫出「吃豆腐」的第二個意思。茅盾在《子夜》中說：「你不要慌，我同女人是規規矩矩的，不揩油，不吃豆腐」，算是應用了「吃豆腐」的言外之意。董橋說蕭姨「一身粉藍旗袍，套上一件薄薄的墨綠毛衣，連老師都說她標致……老美人先白了他一眼：『老豆腐餿了，還吃！』」蕭姨反唇相稽，言下之意是未老未餿的豆腐還是可以吃的。

余光中二〇一一年為中山大學畢業生致辭，提醒學生「不要把英文習慣帶到中文裏」，一定要用「正宗中文」。致辭時余教授就公開反對「性騷擾」——性騷擾（Sexual harassment），是英語用詞，中文的用法是「調戲」，肢體、口舌都包括在內。如此看來，不用「調戲」而用「吃豆腐」，似乎也行。

文字磨人，寫文章實在不容易。朱夫子說「種豆豆苗稀，力竭心已腐。早知淮南術，安坐獲泉布」，把淮南王劉安做豆腐之術說成是點金之術。也難怪大家都說做豆腐最保險：做硬了是豆腐乾，做稀了是豆腐腦，做薄了是豆腐皮，做沒了是豆漿；萬一賣不了，擱臭了還是臭豆腐。其實，按道理而言，做文章也一樣保險：做硬了是反映現實，做稀了是經營浪漫，做薄了是鋪排意境，做沒了是境界；萬一賣不了，擱臭了的文章還可以說是「經典」。

齋廚蔬
素間黃粱
樂敍團安
冇主張不是間雷投
匕箸燃萁煮豆
惹袖傷
23/3/14 CHAN

咖啡

成癮非關茶酒煙。道同君子秘難宣。
朝來一盞神初定，欲買藍山種玉田。

晚清的〈上海竹枝詞〉已提及咖啡，當時稱為「考非」。喝咖啡成癮的人會有「咖啡因退縮症候群」，一旦停飲便會出現頭痛、情緒不安或噁心等症狀。

「咖啡」對中國最大的貢獻不是引入了新品種症候群，而是為我們多增一個表述顏色的用語。我們傳統講「褐色」或「棕色」，都可以用或深或淺的「咖啡色」來表述，具體而貼近生活。說「褐」近粗說「棕」近野，總有點隔，不夠親切。說「咖啡」卻格外貼心直接，一想到相關實物就能想到相關的顏色，這點優勢連英文的「brown」都沒有。把英文「brown」硬譯作粗「褐」或野「棕」，倘遇上「咖啡因退縮症候群」發作，容易令讀者感到「頭痛、情緒不安或噁心」。輕鬆筆墨而又切合作品時代背景的譯筆，無妨把「brown」譯作「咖啡色」。

英國劍橋公爵夫人凱瑟琳的妹妹皮柏憑一身健康膚色成為傳媒報道的焦點。英國膚色專家把皮柏的膚色命名為「Royal Mocha」。Mocha 是意式鮮奶咖啡，膚色專家不落深「brown」淺「brown」的俗套，別出心裁用上了意式咖啡表述膚色，看起來格外香濃格外迷人。潘飛聲〈臨江仙〉寫得也分外香濃迷人：「第一紅樓聽雨夜，琴邊偷問年華。畫房剛掩綠窗紗，停弦春意懶，儂代脱蓮靴。也許胡床同靠坐，低教蠻語些些。起來新酌加非茶，卻防憨婢笑，呼去看唐花。」「胡床」、「蠻語」、「加非茶」的異國情調中卻又不忘傳統地上「紅樓」掩「綠窗」。紅綠向來鮮明：紅了櫻桃綠了芭蕉詩人墨客一看就知道時光飛逝。他日美人遲暮能否乾脆説「『莫卡』了膚色」？説不準。

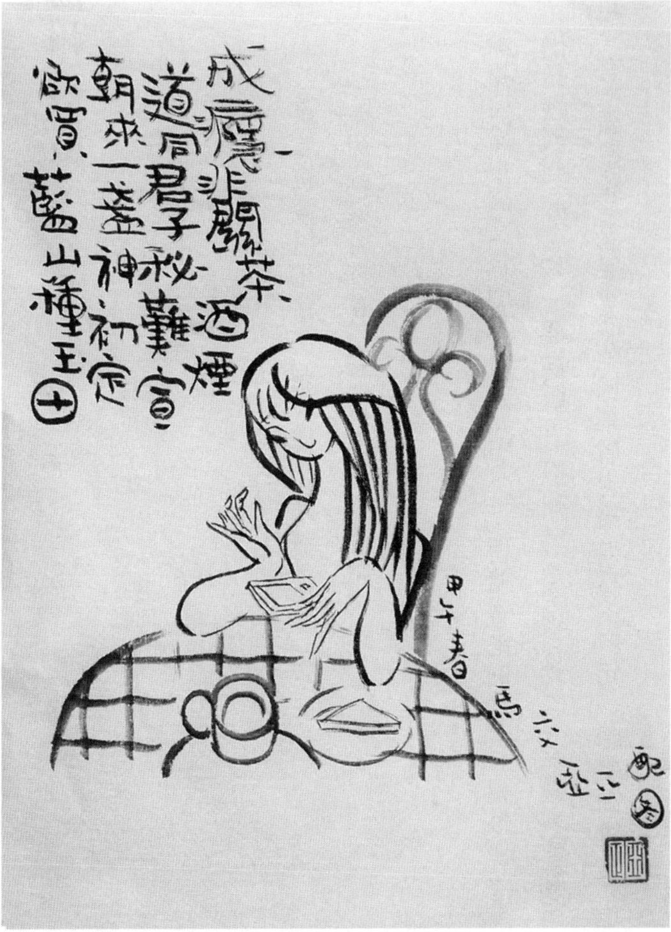
一成癖非關茶、酒、煙
道同君子秘難宣
朝來一盞神初定
欲買藍山種玉田
甲午春
馬文亞三配圖

揚州炒飯

蕭娘桃葉兩生愁。剩飯蝦仁未盡優。
除卻盜名名可貴，更何消息到揚州。

揚州留給中國文化的是「二分明月」，留給香港的是「一盤炒飯」。揚州炒飯到底還是一盤炒飯，「揚州」二字畢竟只是虛銜。徐凝寫〈憶揚州〉有「蕭娘臉下難勝淚，桃葉眉尖易得愁」之句，蕭娘和桃葉彷彿芳名，後人提及揚州就生起憐惜之情。看來炒飯流行，功在揚州；揚州嬌貴，功在徐凝。揚州借徐凝筆墨私佔天下二分明月，再加上杜牧筆下的二十四橋又玉人又明月；揚州名堂越來越響，連炒飯也來沾一沾光。

說「揚州炒飯」盜名或沽名，不無道理，但「炒飯」二字畢竟沒有欺世。二〇〇九年《新民晚報》有〈揚州炒飯廣州炒〉一文，提到「揚州並不以揚州炒飯而聞名，真正主其事者卻在廣州」的事實。該報道說：「但制訂標準、提出『申遺』的竟是揚州人。我想，倘若這世上真有『買了鞭炮給人家放』的『傻瓜』的話，廣東人可謂拔了頭籌。」該作者大概不明白，在廣東類似揚州炒飯的「資本」多的是，並不稀罕。比如說福建炒飯、上海粗炒、瑞士雞翼、非洲雞。倘有一天瑞士當局主動為我們的「瑞士雞翼」制訂標準、提出申遺，也是好事——當你知道「瑞士雞翼」本來就是取「sweet」的諧音而命名，是誰買鞭炮又是誰放鞭炮不是一清二楚嗎？

說某人容貌難看是「醜八怪」，「八怪」一詞早見於《金瓶梅》「八怪七喇」，意指離奇古怪。當然「八怪」也有人聯想到「揚州八怪」去；到底要不要因此而搞個註冊或申個世遺以示隆重其事？查二〇〇三年《保護非物質文化遺產公約》實在包括「口頭傳說和表述」，以「醜」事「怪」事申遺，成功率一定不低。

蕭娘桃葉雨生愁
剩飯蝦仁未盡憂
除卻盜名名可貴
更何消息到揚州
廣東酒家
揚州炒飯
馳名
甲午年春

鵝肝

催肥強飼食何歡。厚味珍饈下嚥難。
世事公平君莫訝，喪心換得大鵝肝。

龍肝雖說是八珍之首，但看來只是用來唬嚇世人。龍肝確是夠罕見的了；說美味，則未必。《三國演義》說左慈施法在牆上畫龍取肝，小說家之言不必盡信。歐洲人比中國人踏實，與其在想像中找滿足，不如落實一點在現實世界中找。歐洲人把鵝肝、魚子醬和松露列為「世界三大珍饈」，三樣東西都具體可吃，不必單靠聯想。

當然，吃鵝肝有時候也需要一些聯想。我們可以聯想一下小鵝孵化後，被挑出來的公鵝就開始生活在局促的空間裏。再聯想一下，這些鵝約在十四星期後便開始被強迫灌食——每天二至三次，由工人使用喉管將玉米漿直接灌入鵝的食道。再聯想一下這「灌食」的目的：灌食是要令鵝的肝臟積聚大量過剩的脂肪，最後得出肥大的病鵝肝。

再聯想一下，天地間有一副天平，一邊放着「良心」另一邊放着「鵝肝」。「鵝肝」有多大有多重就可以換去等量的「良心」。吃不吃鵝肝的爭論點不只在於是否虐待鵝隻，更在於是否虐待從事灌食的工人。無論是解牛的屠夫鬥牛的勇士殺敵的兵將或處決死囚的劊子手都不應受到歧視，卻更需要保護他們的心靈和開導他們的情緒。屠夫鬥牛士軍人或劊子手都可以是一種職業，但虐待和殘忍卻不可能也不應該成為職業，更不應成為一種文化。

催肥強飼食何
歡厚味珍饈
下咽難
世事公平君莫
訴喪心換得
大鵝肝
甲午年春

果凍

櫻紅瓜綠注冰甌。略拌瓊脂半近稠。
竟夕頗黎霜欲結，凝寒碧凍透心頭。

果凍能兼吃喝之趣，半吃半喝；口感非常特別。盛一銀匙晶瑩的果凍，放進口中只要納乎其大者，不需要細細認真的咀嚼。再慢慢吞下那半溶化的甜液。在這吃與喝之間，果凍是微帶嚼勁又瞬間溶化：比糖果虛幻，比雪糕具體，比果汁實在。

果凍還提供視覺上的享受。通透是果凍的本色，紅橙黃綠的果凍都像寶石。懸浮在果凍中的果粒像琥珀內的小化石，一味死甜。吃果凍是最不涉及具體利益的活動：既不解渴也不撐肚。有時，最無聊的事才是最有趣的事。小孩子都不愛吃飯，只緣吃飯不夠無聊。果凍的原材料是魚膠，魚膠是由魚膘、魚皮加工製成的一種蛋白質凝膠食料；市面上的果凍都是在魚膠中加食用色素和人工果味——又加工又調味又調色目的是生產一道吃不飽的零食，說無聊，果凍這東西由生產到進食，徹頭徹尾是無聊透頂的了。只是這份「無聊」歷久不衰，人們都要在果凍中尋找趣味。「不為甚麼，只為有趣」這回事在現實生活中是傻事，吃果凍是順理成章地集體做傻事；積非則容易成是，於是皆大歡喜。

小孩子有了果凍，童年才夠剔透夠玲瓏，甜味和水果味把小伙子的歲月泡得更清新更爽颯。中年過後盡是冥頑與拖沓，似乎真的需要讓一淺甌顫顫巍巍的果凍過濾一下目光，透過果凍看看滿是清甜與果香的世界——說無聊，這也確是無聊透頂的了。

櫻紅分綠注冰甌略拌
瓊脂半近稠竟
夕頰黎霜欲結
凝寒碧凍透
心頭
甲午

蔗汁

誰從倒啖得甘遲。一笑胡涂顧愷之。
搗蔗漿濃喉吻潤，即逢佳境在當時。

把事情放在時間的座標上作線性的理解，容易得出「先」「後」的理念。范仲淹名句「先天下之憂而憂，後天下之樂而樂」就是箇中的代表作。中國人愛講「先苦後甜」。倘有「先甜」，幾乎都給定性為刀鋒之蜜，隱喻潛伏着割舌後患。顧長康噉蔗由尾啖起，認為是「漸至佳境」；理論其實也是先苦後甜的變體。但何不索性把尾淡頭甜的長蔗弄個蔗汁；濃淡相和，不分先後。

人生終究不是一管長蔗。如果說人生的初階段味道寡淡，似不盡然；如果說人生越近盡頭就越甜，也未必近乎事實。啖甘蔗可以選擇由哪一頭開始，人生卻不可能選擇「逆向敍述」，於是只能夠相信「漸入佳境」或「先苦後甜」。理論是老掉了牙，但人類還有活下去的動力，也許正是來自對「後甜」的假設或迷信。

卻有人把人生絞搾成一碗像蔗汁的東西，名字叫做「糊塗」。「糊塗」就是不清，可以搞亂先後、倒置本末首尾。鄭板橋用六分半書寫「難得糊塗」真是「糊塗」得很。他說「難得糊塗」是「當下心安」「非圖後來福報」，他着重「當下」，不求「將來」；他的六分半書飛白處真像被搗搾得乾巴巴的蔗渣。鄭板橋自謂康熙秀才、雍正舉人、乾隆進士。他的人生哪一段算「苦」又哪一段算「甜」，實在不好說。康雍乾三朝盛世抵不過「糊塗」兩字，秀才舉人進士也輸與「八怪」名號。磨墨像搗搾蔗汁，墨汁甜美得像一口帶點黏糊糊又甜絲絲的蔗漿；他的詩歌書法和畫作都充滿了甜意的糊塗。

誰從
倒啖得
甘遲一笑胡
涂顧愷之
即逢佳
境在當時

鹹魚

枯魚入窖漬鹽藏。十曝鮮鹹出異香。
泉涸更無濡可沫，江湖千里已相忘。

中式宴會上的「鮑片」其實大都是大螺片而已。「鮑汁」也並非由鮑魚熬煉而成，卻只是用來煮鮑魚的醬汁。當古時的「鮑魚」遇上今天的「鮑魚」，就更加有趣。「鹹魚」古稱「鮑魚」，《孔子家語》名句「如入鮑魚之肆，久而不聞其臭」講的正是「鹹魚」。今天我們說「鮑參翅肚」的「鮑」其實是「鰒魚」。鮑魚和鰒魚可說是「相忘於江湖」的另類寫照。

莊子說：「泉涸，魚相與處於陸。相呴以濕，相濡以沫，不如相忘於江湖。」鮑和鰒這兩種「魚」，在這個乾涸的世代不再相濡以沫，也都改名換姓，相忘於江湖。鮑魚甘心低調地叫作鹹魚，鰒魚卻無端改稱為鮑魚。鹹魚歷盡滄桑，鮑魚則平步青雲。鹹魚甘與青菜白飯為伍，鮑魚則善與鵝掌翅肚相親；懸殊貴賤。鹹魚致癌，鮑魚養生；這兩種「魚」在死死生生中百劫輪迴。說到底，「鰒」其實屬海貝類，並不屬於魚類。東漢許慎在《說文解字》中有「鰒，海魚名」的說法，信是受部首干擾。

鹹魚是可以吃的珍貴化石，那一點鹹鮮是老人家蒼涼味覺間的招魂幡。焦桐在《星洲日報》撰文談葡萄牙鹹魚，寫「馬介休」菜譜寫得一點都不寒傖。香港西營盤合利號老鋪專營中國鹹魚，老闆區先生在接受訪問時說：「那年代，誰不是鹹魚飯餵大的？」區老闆的話帶反問語氣也是一點都不寒傖，反覺帶點自豪。

出異香
泉涸更無
濡可沫
江湖千里
已相忘

紅豆冰

譜牒名同實不同。冰凌和乳雪杯中。
可憐二八盈盈女，錯買相思怨豆紅。

李龜年何許人也？唐代兩首經典名詩都與他有關：王維願君多採擷，杜甫落花時節又逢君；兩大詩人筆下的「君」指的都是李龜年。《明皇雜錄》說他在安史亂後「流落江南，每遇良辰勝賞，為人歌數闋，座中聞之，莫不掩泣罷酒」，看來歌藝感人，了不起。

王維說相思說到紅豆上去，把春來的南國寫得相思處處，但「此物」卻不是用來做甜湯刨冰的紅豆。只是，事實歸事實，聯想歸聯想；做甜湯刨冰的紅豆也實在惹人相思：那一夜在老朋友家中用膳，飯聚中閒話家常，沒有加一服務費，更不須限時八十分鐘內結帳離席；吃得特別愜意。飯後安排甜品，甜食我向來抗拒，老友卻堅持奉客。綠茶雪糕一泓碧綠，眼前一亮。老友心思巧細，在冰鎮的玻璃盂內舀一匙紅豆散在雪糕上，一時酒綠與燈紅，互相輝映。雪糕帶點綠茶的甘澀，紅豆經糖漬煮得又軟又甜。紅豆火候熬得足，入口酥化軟糯，美味令人難忘。

柳如是紅豆山莊裏的紅豆樹在順治十八年開花結子，這點相思才下眉頭轉眼又上陳寅恪的心頭。陳先生在抗戰期間無意中購得柳如是紅豆一顆，藏了整整二十年。二十年後陳先生相思大作，「適發舊篋，此豆尚存」，於是興致勃勃洋洋灑灑地寫下《柳如是別傳》——古往今來相思太苦，餐桌上的紅豆卻自始至終都甜美可口。經典港式甜品「紅豆冰」是在紅豆甜湯上加碎冰淡奶，餐廳冰室雖只賣香甜紅豆不賣盛唐相思，你吃的時候卻又可以胡扯到王維的詩句上去，反正不是文學科的考試題目；不扣分。

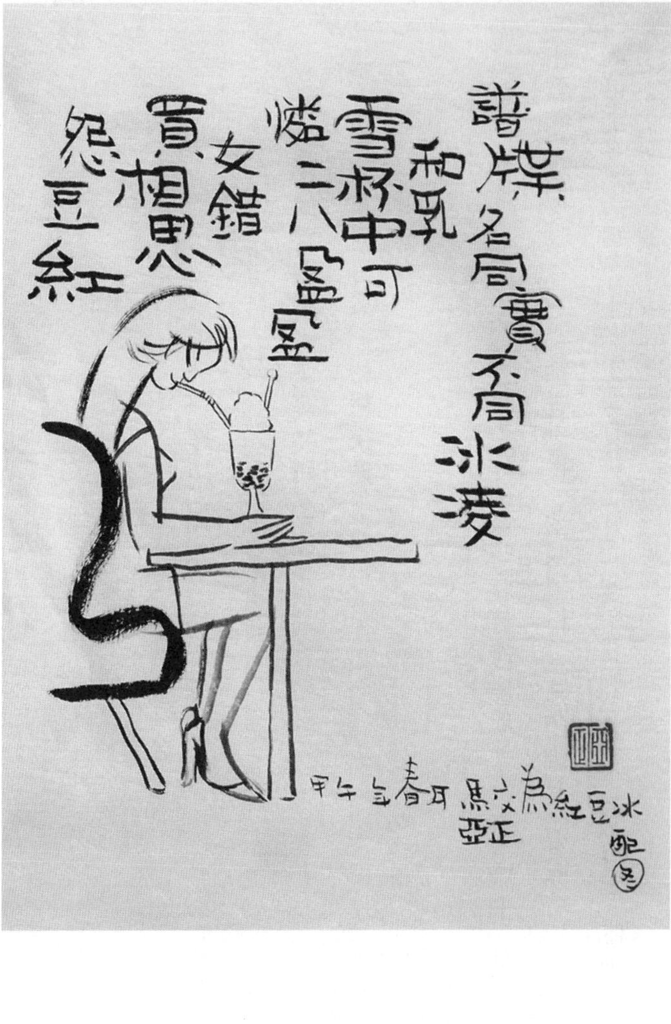
譜牌名同實不同冰淩
和乳
雪杯中可
憐二八盈盈
女錯
買相思
怨豆紅
甲午年春日馬文為紅豆冰配
亞正

油條

孤忠甃獄恨風波。像鑄群奸歷劫磨。
有物無辜同白鐵，朝朝捵麵下油鍋。

聽過了「油炸『檜』」的傳說，吃油條時就好像變成了參與「施刑」的人：「出賣國家」要咬一口、「陷害忠良」要咬一口、「無中生有」要咬一口、「陰險詭詐」要咬一口……為了要分辨忠奸善惡，我們大清早起來就要吃油條，並要在吃油條的過程中重溫油炸秦檜夫婦的傳說。

岳墳前的名聯「白鐵無辜鑄佞臣」「無辜」二字下得巧妙。油條信亦無辜，老百姓由下油鍋聯想到地獄的酷刑，長長的麵粉條不妨附會成奸臣夫婦，食客可以順理成章升到道德高地上去圍觀和指罵。

看來對仇人最大的懲罰就是把他吃掉。文明世代的大清早吃一兩股油條洩洩憤減減壓無傷大雅。虬髯客以仇人心肝下酒的駭人做法只合在傳奇故事裏出現。岳飛〈滿江紅〉有「壯志飢餐胡虜肉」之句，冷靜想來，場面實在血腥得很。孩子惡作劇，把名句戲改為「壯志飢餐咕嚕肉」。咕嚕肉近似「糖醋裏脊」，是將豬肉切件醃味，然後沾上生粉，再用油炸，炸好的肉連同酸甜汁炒成：「切」、「醃」、「炸」、「炒」都可以在「餐」字的引導聯想中變成對付敵人的酷刑。《漢書》〈王莽傳〉說「以新室之威而吞胡虜」，對付敵人也是咬牙切齒又垂涎三尺的。李白貪杯卻不貪吃，「何日平胡虜」的「平」字就具見分寸；一點都不饞嘴。

咕嚕肉和油條都油膩，少吃無妨，多吃無益。

孤忠歿死獄
忍風波像
鑄群奸
歷劫磨
有物無名字
同白鑄朝朝
捱麥下油鍋

甲午秋日
亞二歐圖

103

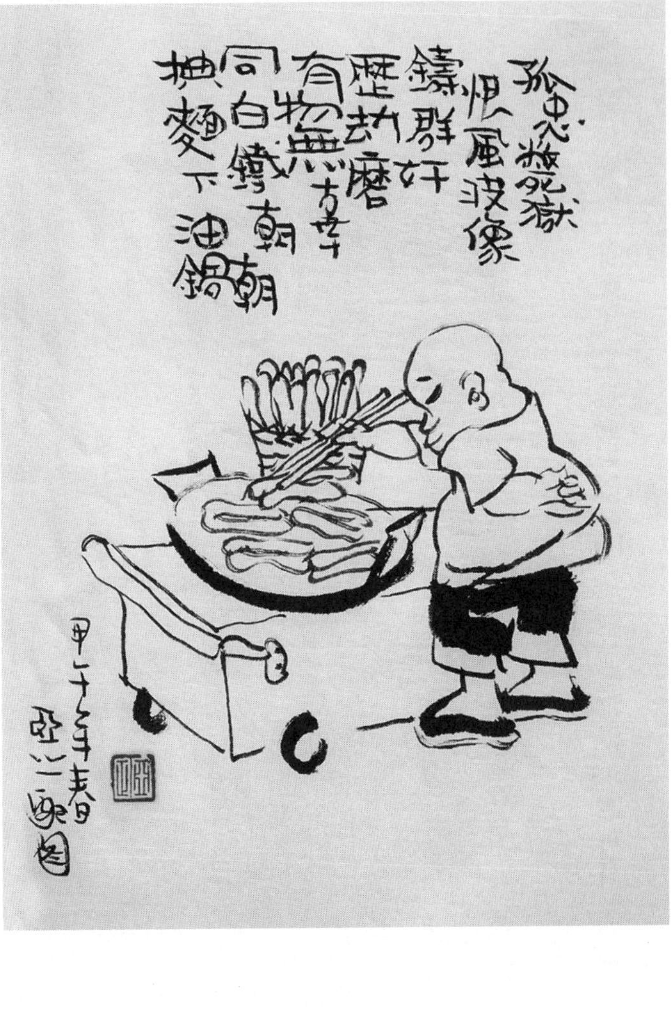

魚丸

漫道高才眾弗如。歸來彈鋏自吹噓。
盤飧日日丸珠饌，不見烹魚實有魚。

營養學家一般都認為「魚丸」不算是「魚」，吃「魚丸」算是「食無魚」也算是「不食魚」。

馮諼彈鋏高歌「食無魚」，是個人偏愛吃魚的具體宣言。孟嘗君心領神會：「是嫌吾食儉也。」佳話流傳，馮諼一句自怨自艾的話，變成了典故。當年席上一聲短嘆變成了文化的千古長嗟。歷來文人都愛發牢騷，柳亞子說「無車彈鋏怨馮諼」，毛澤東先回一句「牢騷太盛防腸斷」，再說「觀魚勝過富春江」，以「觀魚」聊慰無魚之嘆。說來說去文人都自以為懷才不遇，待遇或福利一旦欠佳便要彈鋏罵座。

民國壽石工榜其居為「不食魚齋」，卻是個人偏食的具體寫照。家長和老師總教我們不要偏食，尤其不能不吃魚。你翻開任何一本談飲食營養的書，都一定說吃魚有益健康，鼓勵人們多吃。台北聯經一九九七年出版《吃魚最健康》，馮諼一定讀得牙癢癢，壽石工卻不屑一讀。

現實生活中常因為「食無魚」而發牢騷，精神上容易出問題。壽石工「不食魚」在思想層面上講是偏食的一種崇高境界；看老照片中的壽石工長得圓圓胖胖，雖不吃魚身體倒也健康。俗語有嘲笑男人天生好色的話：「沒有貓兒不吃魚」，男人倘能在這個層面上「不食魚」，也是一種崇高的境界。一個人的品味有多高似乎與擁有甚麼無關，反而與放棄甚麼相關。男人，能放棄事業上的一尾海鮮或婚外感情漣漪中的二寸貓魚，算是為提升個人品味或境界付出的一點點代價。

漫道亭才眾弗如
歸來彈
鋏自
吹噓
盤飧日
日丸珠饌
不見烹魚實有魚

鳳爪

鳳鳴不聽聽雞啼。么鳳遲來換土雞。
惆悵盤中留趾爪，碧梧難託一枝棲。

杜甫〈秋興〉名句「碧梧棲老鳳凰枝」總叫人想起「雞腳」。

蹲在碧梧樹上的鳳凰，趾爪緊緊扣着樹枝；鳳凰和碧梧都老了。鳳凰振翅，用力在樹枝上一蹬，滑翔而去。樹枝被蹬得岌岌地顫動，還掉下好幾片樹葉。鳳凰飛入尋常百姓的莊園去，開始蛻變：牠在地堂啄食，有的在乾草堆下蛋，有的在破曉時分唱白天下。大家都忘了牠是甚麼，只管叫牠作雞。人們在吃牠的趾爪時，才會猛然想起「鳳」字來。這「鳳爪」是鳳凰輪迴百世都脫不掉的記號。

正是「鳳凰飛上梧桐樹，自有旁人話短長」：胡適在《白話文學史》中批評過杜甫「碧梧棲老鳳凰枝」文法不通。葉嘉瑩為老杜翻案，翻得頭頭是道。外國人向來不吃雞腳，中國人倒偏愛鳳爪。胡適雖是中國人卻慣在彼邦的海邊辟克力克吃黃油麵包；啃雞腳肉少骨多，一定不喜歡。所謂「味在骨邊」，葉嘉瑩讀得出杜詩倒裝別有深意；骨邊肉向來最有滋味，葉嘉瑩啃雞腳啃出了「鳳凰」的味道來。能把雞腳吃成鳳爪是品味上的錘煉。張愛玲把圓呼呼的梢頭月寫成是一頭在樹叉裏做了巢的「肥胸脯白鳳凰」，胡適讀了一定又要批評比喻不倫。《三國演義》説關羽「鳳目圓睜」，真夠威勢。「鳳邸」是指帝王即位前所居的府第，皇氣磅礴。倘「鳳目」「鳳邸」一旦變成「雞眼」「雞竇」，就恐怕不只是語體變化上的小問題了。

鳳鳴不聽、
聽雞啼
么鳳遲來模
土雞惆悵
盤中留
趾介碧梧
難託一
枝棲
甲午九月

臘腸

臘味甘腴雋永同。家家淘米起秋風。
黃昏灶冷無炊事，掛向窗邊寂寞紅。

臘腸是古老的半即食口糧，下廚做飯不必打鱗去骨，只要有臘腸即使兵不血刃一樣有肉可吃。當年母親忙得沒時間買菜的話，就會出動臘腸。母親說臘腸快熟，放在熱飯上蒸煮尤其方便；連開罐頭都變得多事和繁瑣了。黃昏，母親偷得這半刻之閒，在廚下稍事歇息，白頭宮女閒坐不說玄宗，雙眼還是緊緊盯着飯鍋蓋上的縷縷炊煙：「白煙直，臘腸就熟了。」母親當年入廚洗手學作羹湯，如此這般幾十年過去了。此刻，她在另一個國度旁觀這一爐人間煙火。

現在，臘腸都給存放到冰箱裏去，無復當年黃昏灶冷窗邊寂寞之感。歲云暮矣，農曆十二月舊稱臘月，有臘腸的話則名更副實。舊居的窗邊通年都掛着臘腸，臘腸瘦長，暗紅筋突又帶點油亮。秋風一起就是臘味的歲月，灶下不需山珍海錯，只等鍋裏飯熟，隨手在窗邊抓一兩條臘腸放到飯鍋裏，上蓋，不一會兒臘腸的油香肉香就瀰漫開來。黃昏時分這股油香肉香最受用，下班趕回家吃飯的人對這氣味都不感陌生。臘腸的肥脂受熱溶化，香油津津地滲到米飯中去，那帶油香的米飯甘腴可口，遇上天氣大冷的話，更為受用。

「臘」是風乾食物的方法，臘腸雖不鮮而別具滋味，鹹甜雋永中總帶着點點回憶。當年吃臘腸蒸飯照例是先把米飯吃完，然後再拈着臘腸慢慢品嘗；算是先苦後甜、好戲在後頭。母親的人生哲學也是先把米飯吃完，可惜卻來不及看那台由臘腸壓軸的好戲。

臘味甘腴雋永句
家家淘米起秋風
黃昏灶冷無炊事
掛向窗邊寂寞紅

蜜漬洛神花

蜜漬殘紅別有因。凌波羅襪易生塵。
南岡北沚當年事，只剩名花號洛神。

曹子建當年寫〈洛神賦〉寫得出色，讀者又好事又多情，附會出曹植與甄宓之間一段叔嫂情緣。才子筆下的洛神翩若驚鴻婉若游龍、駕霧騰雲羅襪生塵，詩人想像力向來豐富，又難得讀者不以誇張為嫌不以失實為責，千古傳誦。

近日才知道有「洛神花」。婦女愛將此花蜜漬，成品可以用來製果醬、泡飲或直接食用，味道微酸微甘微甜。蜜漬的洛神花殷紅不褪，泡出來的湯色還浮染着冉冉花紅。

洛神花是由英文「Roselle」音譯而來，不譯「羅刹」而譯「洛神」，果然是「神」來之譯筆。這原產於印度的花一經「神化」，就像佛教文化與中國文化一樣，一下子就變得水乳交融不分彼此。更何況，任何東西在中國只要能夠得上「保健」二字，就一定大受歡迎。民間流傳洛神花有生津、消食、潤喉、降血脂的功效，網絡上還盛傳這花有「美顏」、「減肥」的功效，另一網頁又說可以「抗癌」；儼然是服之能除百病長生不死的萬應仙丹！編劇家唐滌生筆下的曹植在回返淄城的途中夜夢洛水神仙，戲曲中的曹植薄怨洛神不帶他到天上同列仙班。洛神卻淡然說：「人人盡說神仙好，那知千古神仙皆渺茫」，這句話當年沒有寫進〈洛神賦〉中，無獨有偶，卻隱約寫進了另一位曹姓才子的著名小說中去。

文學家想像中的洛神丰姿綽約高不可攀，那天在街角卻見有小販售賣用洛神花製成的涼果。小販大叫「埋嚟睇、埋嚟揀」。流水落花春去也天上人間：小販一聲叫賣，就打破了仙凡間森嚴的界限。

甲午年
馬交
洛神賦

推枰錄

黑白太分明

夜涼吹笛千山月，路暗迷人百種花。
棋罷不知人換世，酒闌無奈客思家。

——歐陽修〈夢中作〉

下午坐在大廳重讀吳清源自傳《天外有天》，得近陽台之便，兼看街景。不遠處的一大片空地給規劃成方方正正的停車場，規劃線橫橫豎豎的交錯着，像棋盤。午後陽光並不刺眼，氣溫卻近三十三度，天氣確實帶點殺人的熱，尚幸東南風還是隱隱吹來。書是舊書，如今重翻，記不清棋枰上的黑黑白白了。依稀記得的只有吳清源賴以成名的「三三、星、天元」新布局。陽台的玻璃橫推門卻容易令人聯想到木格糊紙的日式橫推門，門開處，陽台外的街景更清晰更玲瓏，陽台上花影盈盈擺擺，只看地上長長的花影，會誤以為真有一個穿和服的少女正由那木格糊紙的橫推門外款款走來。

田壯壯把吳清源的黑白生涯拍成電影，電影上映前十分哄動，觀眾都等着要看吳大師的傳奇故事。棋亦傳奇，向來引人入勝，《述異記》有王質觀棋的怪事：「信安郡有石室山，晉時王質伐木至，見童子數人棋而歌，質因聽之。童子以一物與質，如棗核，質含之不覺饑。俄，童子謂曰：『何不去？』質起視，斧柯盡爛。既歸，無復時人。」王質當時看到的棋局一定奇詭莫測。

電影《吳清源》在上海首映後，城中即時流行着一句俏皮話——「你睡了沒有？」看過電影《吳清源》，十足東洋風味，精緻而肅穆；節奏確是緩慢，而且直接講圍棋的部分不多，一眾「棋迷」自然看得有點不耐煩。讀川端康成的小說《名人》反覺趣味盎然。川端康成曾在伊東的暖光園看過吳清源與日本圍棋高手對弈，川端眼中的吳清源具有「少僧般的高貴品格」，「身穿藏青底白碎花紋的筒袖和服，手指修長，脖頸白皙」。

吳清源勝棋得譽，號「昭和棋聖」，殺敗了對手，但得勝卻不一定可喜。吳清源坦白地在自傳中說自己並不適合當棋士：「我不喜歡爭奪勝敗的事情。」吳清源一生在棋枰上分黑布白，讀他的傳記《天外有天》倒讀得有點「失落」：吳清源在棋枰上是失落了童真？還是失落了趣味？國手顧水如當年路經北京中央公園，看見一個約十二歲的小孩子跟一個五六段的日本棋手對弈。高伯雨在〈顧水如賞識吳清源〉中說那個小孩子每下一子後，「就離開陣地，跑到草坪上和一班同伴玩耍去了」，當對手苦苦思索了十多分鐘安放好棋子時，「那孩子連走帶跳，回到陣前，很輕鬆地不假思索的又下一子」。那個時候的吳清源下棋下得最高興，可以「連走帶跳」、可以「離開陣地」；日後他成為職業棋手，在棋枰前卻如老僧入定。看晚年的吳清源，確現老僧相。

下圍棋雅稱為「坐隱」或「手談」，說寫作是「坐隱」或「手談」，在形象思維上講，似乎都很貼切。寫作的人半輩子黑字白紙，如此看來圍棋和寫作都關乎「黑白」。董仲舒《春秋繁露》雖說「黑白分明，然後民知所去就」，但自唐代以來，文人筆下卻似乎不願「分明」。杜甫寫〈花鴨〉有「羽毛知獨立，黑白太分明」之句，是對「眾人皆醉我獨醒」的反思。宋代黃公度〈和宋永兄圍棋青字韻因成五絕〉說：「塊然木石本無情。底事紛紛如許爭。天遣人間作仇敵，只緣黑白太分明。」既云木石無情，不爭黑白其實更近自然更近本性。至於曾丰講的卻是人事上的「黑」和「白」，〈代墨客卿自賦贈安城彭雲翼二首〉中說：「同為時用楮先生。萬事須臾點化成。寄語先生幸相避，不須黑白太分明。」「不須黑白太分明」未知算不算是「和光同塵」？最怕習慣成自然養出了「黑白不分」的壞習慣。寫作的人如果真要面對「對手」，那對手恐怕就是「自己」。吳清源在一次訪問中談到棋賽前的設想和布局時說：「下棋與繪畫不同，不是一個人完全照自己的想法去做。棋是兩個人的事情。自己如果先對布局做好構想，勢必對手也得按照自己的預想落子才行，這顯然是不可能的。」「棋是兩個人的事情。」寫作卻可以是很個人的事，寫作的人似乎在跟自己下棋，讀者卻是觀戰者；棋罷不知人換世，王質手中斧頭的木柄都朽爛了。下棋和觀棋的樂趣、寫文章和讀文章的樂趣，都是得之於濠梁上的樂趣；正是子非魚或子非我所不能理解不能領會的。

《兒女英雄傳》第三十四回說「老爺」年輕時不願學圍棋，前輩先生要罰他以「無所用心」為題作一首詩。年輕的「老爺」口占一首：「平生事物總關情。雅謝紛紛局一枰。不是畏難甘袖手，嫌他黑白太分明。」詩寫得不俗，可這詩說到底應算是《兒女英雄傳》的作者文康的手筆，就像賈寶玉的詩都該算是曹雪芹的作品。文康是滿族人，出身顯貴，早年家世盛極一時；晚年家道中落，家當變賣殆盡。文康晚年獨居一室，僅有筆墨相伴，晚境淒涼卻依然寫得出十三妹何玉鳳的兒女情懷與英雄氣概。文康在小說中借「老爺」的話曲折地暗示不妨放棄圍棋的黑白世界，在現實中他自己卻走進了文字寫作的另一個黑白世界中——「如今年過知非，想起幼年這些不知天高地厚的話來，真覺愧悔！」文康筆下的「老爺」覺今是昨非。其實如果弈棋是遊戲寫作又何嘗不是遊戲，下棋也好寫作也好，總忘不了童年時那「連走帶跳」和「離開陣地」的美好時光。

日本圍棋棋例給高段數的棋士在比賽時有隨時封盤暫停的特權，這特權稱為「打掛」。一九三三年吳清源跟九段「名人」本因坊秀哉對陣，秀哉就曾多次「打掛」，那一局棋整整下了百多天；連金庸都曾寫文章講過這場世紀之戰。可惜在秀哉「打掛」期間吳清源沒有趁機到草坪上稍事休息，而是繼續參與其他賽事。

都只怪當年路過北京中央公園的顧水如目光太厲害。數十年後吳清源重遊舊地，公園中那闊大的草坪也許已給規劃成方方正正、有點像橫十九豎十九的棋盤，草坪上卻連一個「連走帶跳」的小孩也沒有——「斧柯盡爛。既歸，無復時人」——面對此情此景，吳清源一定恨死顧水如的了。

我的六分半書

中國的政治傳統中一向瀰漫着一層反智的氣氛；我們如果用「自古已然，於今為烈」這句成語來形容它，真是再恰當不過了。

——余英時《歷史與思想》

陸羽〈釋懷素與顏真卿論草書〉記錄了顏真卿與懷素論書法的事情。懷素說：「吾觀夏雲多奇峰，輒常師之，其痛快處，如飛鳥出林，驚蛇入草，又遇坼壁之路，一一自然。」顏真卿反問：「何如屋漏痕？」懷素起而握公手曰：「得之矣！」林懷民也在「屋漏痕」中取得創作靈感，在其「行草三部曲」之外再創作出〈屋漏痕〉：舞台以白色為底色，並微微作八度的傾斜。舞者在這片白色的斜台上翻騰跳躍，用躍動的肢體演繹古人的書法意境。

寫字能寫到「夏雲多奇峰」、「其痛快處，如飛鳥出林，驚蛇入草，又遇坼壁之路，一一自然」的境界，已非常難得。「痛快」與「自然」幾乎道盡了中國文藝的終極審美原則，卻偏有人另標新義提出「屋漏痕」，最可惜懷素興奮地說「得之矣」語焉不詳，不知對話中「之」字的具體含意；總之是說得模糊不清搔不着癢處。畢竟懷素和顏真卿是高手論道，陸羽在《懷素別傳》中記下這段書壇公案讓後世人可以瞻仰兩位書法大家的論道風采，也許並不奢望讀者可以參悟箇中妙諦。

中國人的藝術用語一向不易理解，禪機隱隱。懷素是方外人大概慣參公案，一聽話頭就明白過來，大徹大悟。所謂「屋漏痕」，據姜白石《續書譜》的解釋是「欲其無起止之跡」的意思。《續書譜》還提及「折釵股」「錐畫沙」等運筆方法，都一樣玄妙、一樣迷人。康有為《廣藝舟雙楫》總結出「錐畫沙，印印泥，屋漏痕，皆言無起止，即藏鋒也」的藝術心得。畢竟知易行難，康有為不擅草書，其書法「重」「大」有餘，但撇捺及豎鈎彎鈎都寫得有點飛揚又帶點跋扈，像「屋漏痕」的那份張力卻似乎漏得不夠。反而其女弟子蕭嫻的字寫得內斂，八十八歲時寫琵琶亭橫匾字構還是「康體」一路，但「琵琶亭」三個字的彎鈎和豎鈎都寫得含蓄而藏勁，不作誇張的脱韁飛白，才真有「屋漏痕」那份自然滲透的張力。

「屋漏痕」或「折釵股」的「漏」和「折」都帶點「殘破缺陷美」的暗示。

鄭板橋的六分半書是在八分書之中滲入行書楷書及草書的筆法，字的結體以寬扁取勢，不求光潔整齊。這「亂石鋪街」的意趣妙在每一塊亂石都帶點崩脫蒼茫，通篇望去真是漏得淋漓、折得灑脫。那正是略帶殘破又不無缺陷的美。鄭板橋自詡以畫入書，筆下蘭草竹葉可撇可捺；若依其思路，嘗試「以書入文」，則散文能寫成「亂石鋪街」、「無列無行」，效果也應不俗。寫散文成「文」容易而難在「散」。要「散」得瀟灑、脱俗，形神落落，大方而閒逸；談何容易。且不妨向「漏」字學透露，向「折」字學過渡；再向「散」字學鋪排學跳躍。我傾向把「六分半書」理解為章法布局多於點畫筆法。「以書入文」的「書」字當然也可以由「書法」別解為「書籍」。寫自己的生活寫個人的喜好，順心隨意，看書偶有會心，即穿插入文，不辨行列。若說這些以「六分半書」寫成的散文約有百分之六十涉及書籍文獻，也許都對。一介書生在書房讀書本記書目開書櫃掃書架理書籍或趁閒時逛逛書局：寫文章試問又怎離開得了書？可幸讀者抗拒的只是掉書袋，至於那些穿插在行文中的箚記材料實在還遠遠夠不上可以「掉」的分量。喜歡認認真真看書的讀者都會知道，那些引文節錄都只是文史或時事常識，絕非沉重的「書袋」。

所謂藝術「特點」其實可以視為「優點」也可以視為「缺點」。廣西藝術學院的周胤希就曾撰文狠批鄭板橋的六分半書為「簡單的拼盤雜交體」、「行筆不暢」、「一盤散沙」和「生搬硬套」。周胤希連連數落鄭氏的書法，不足為奇，反正藝術效果向來是仁者見仁智者見智；但，切忌不仁、切忌反智。不仁則麻木，反智則盲目。余英時《歷史與思想》卷首第一章就是〈反智論與中國政治傳統〉。余先生說：「中國的政治傳統中一向瀰漫着一層反智的氣氛；我們如果用『自古已然，於今為烈』這句成語來形容它，真是再恰當不過了。」「於今為烈」一句大概可以套用到任何一個時代，也難怪扯談用日本頂級和牛餵狗泡獅峰龍井飲貓的文章，天天都可以在各大報章雜誌上讀得到。

莊姜的嫁衣

燕燕于飛，差池其羽。之子于歸，遠送于野。
瞻望弗及，泣涕如雨。

——《詩經》〈燕燕〉

莊姜的送嫁隊伍已然遠去，代之而起是本世紀新娘子半袒的酥胸和半露的玉臂。這世紀的新娘子都是西方審美標準下的新娘子，連本來烏黑蠟亮的頭髮都要染成或深或淺的金啡色才算漂亮。嫁衣的定義就是白色婚紗配一襲好長好長的拖襬。

莊姜當年出嫁的排場，用今人又時髦又浮誇的說法，是「世紀婚禮」。莊姜是齊國的公主，嫁的是衛國莊公；婚禮之隆重與盛大，單憑想像都可以感受得到。看〈碩人〉中的新娘子「碩人其頎，衣錦褧衣。……手如柔荑，膚如凝脂，領如蝤蠐，齒如瓠犀，螓首蛾眉。巧笑倩兮，美目盼兮」，世紀婚禮上的一切車馬妝奩儀仗從僕，都在焦點以外顯得模糊暗淡。只有美麗的新娘子在場景中能吸引眾人的目光；到今天，是吸引讀者的目光。

《毛傳》一句「夫人德盛而尊，嫁則錦衣加褧襜」把莊姜的內在美解釋得透透徹徹。《鄭箋》說「尚之以禪衣，為其文之大著」；鮮艷的嫁衣上再披一襲樸素的罩衫，是要低調地處理「華麗」。莊姜這份「華麗」中的「低調」造就了千古不朽的「美」。這份「美」能與「善」相通又與「真」相接，實在把中國衣冠文化的內涵精蘊闡釋得淋漓盡致。加上《毛傳》推波、《鄭箋》助瀾，連劉彥和在《文心雕龍》〈情采〉中講文章修辭都引用這襲嫁衣：「是以『衣錦褧衣』，惡文太章。」寫文章太強調華麗的修辭就變得過分，令人生厭。可惜劉彥和只提及寫文章要避免過分華麗，卻沒有正面交代罩在華麗修辭上面的「褧襜」或「罩衫」到底是甚麼。

簡單而規範的句子、常用而淺易的字詞，都是文章華麗嫁衣外的低調罩衫。文從字順是寫作的入門要求同時也是最高要求。文章從來都像新娘子一樣嬌貴，悉心打扮是尊重場合也是人之常情；但「華麗」講究的是「透出來」而不是「露出來」。莊姜就在這「透」與「露」之間找到了平衡點，效果果然動人出眾。說「華麗」講究「透」，這該與「氣」有關。日常用語中「透氣」與「露骨」原來深藏着異常重要的審美原則——骨露則礙眼，氣透則宜人。中國人講「文氣」講了好多好多個世紀，為的也許不只是「連貫」不只是「靈動」不只是「生猛」而是一點點「透現」。露骨跡近直接說明，透現則近乎含蓄暗示。寫奶油蛋糕製法必須說明露骨，寫文學作品則應究心於暗示與透現。「衣錦褧衣」的莊姜雍容得像一首古風、婉轉如一闋小令，加上麗質天生「巧笑倩兮，美目盼兮」；嘴角的一絲笑意，眼睛的一脈流盼，都美得可望而不可即。

張潮在《幽夢影》說「文章是案頭之山水，山水是地上之文章」；文章與山水原來可以互為喻體。日本島根縣松江有「嫁島」，在嫁島看日落大概可以聯想得到樂遊原的黃昏與夕陽。相傳淒涼媳婦不見容於惡家姑，只好獨自回娘家，途經結冰湖面卻不幸遇上冰裂；可憐媳婦就淹死在冰湖中。

天神為此在湖中升起了一個小島，後人就稱這小島為「嫁島」。永坂石埭在島上立一詩碑，上刻的一首七絕寫得淒艷：「美人不見碧雲飛。惆悵湖山入夕暉。一幅淞波誰剪取，春潮痕似嫁時衣。」春潮依舊，水波微微縐纈，恰似新娘子婀娜款擺的嫁衣與裙裾。不知何時，嫁島上升起一陣清霧。清霧籠罩下的水波與潮痕，正是絕佳文章的寫照。莊姜嫁衣上的褧衣如潮痕上的清霧，潮痕淡了意境卻越發深刻。讀小津安二郎的文章竟也讀得到清霧籠罩下的水波與潮痕。小津在〈性格與表情〉中說「導演要的不是演員釋放感情，而是他們如何壓抑感情」；「壓抑感情」四字對文學創作有莫大啟示。小津的「御用演員」原節子鏡頭內外都一定很能「壓抑感情」；二人在現實中最終不能結合，成就不了夙世姻緣卻成就了上一個世紀的藝壇傳奇。感情能「壓抑」到這個地步應該美其名為「控制」或「收放」。

連夜為散文集趕寫的幾篇案頭山水總要不忘輕輕點染幾筆薄薄淡淡的煙霧。南宋朱夫子在《監本詩經》中說莊姜是中國首位女詩人，〈邶風．燕燕〉據說就是出自莊姜手筆。「燕燕于飛，差池其羽。之子于歸，遠送于野。瞻望弗及，泣涕如雨」正符合「簡單而規範的句子、常用而淺易的字詞」的標準——燕子在空中飛翔，參差不齊地拍動翅膀。送別哀情透現得隱隱約約，越發使人感動。開腔就是疊字「燕燕」，我彷彿親身聽到莊姜哀怨地低喚燕子。史達祖也寫過燕子：「差池欲住，試入舊巢相並」；不是不好，總嫌俗艷。

小津一九五一年九月九日在《朝日藝能新聞》上評論原節子的演技居然與結婚拉上關係：「原小姐的演技很有內容。當然，如果原小姐結了婚，又會展現不同的一面……」。不知原節子的嫁衣會是怎樣的一種美——新嫁娘出嫁心情從來都如晚風中的火舌一樣燦艷一樣忐忑。莊姜嫁衣如血褧衣如霧，遠望正似一盞紙糊的燈籠。讀者能看到的應是薄紙透出的一暈光，而絕對不是薄紙罩着的那一朵火。

荷西的大鬍子

身邊放五六本精彩的偵探小說，手捧一個熱水袋，卻能使人不在乎患了重感冒。

——毛姆〈談讀書〉

世人都迷信方法，現在還要講「策略」，總以為世間萬事都一定有管用的「即食」方法，一旦掌握這些「即食」方法就可以成名可以成家。殊不知借回來的是呂洞賓的斷指，他能點石成金你就是偏偏點不成，偶然錯摸反會點金成鐵。比如前人看重詩歌，市場上一大批學詩百法、詩學津要或詩歌創作入門就應運而生，都講平仄講對偶講修辭，跟着學的傻瓜按本子寫了半輩子「一行白鷺上青天，半隻燒鵝出火爐」的所謂得意傑作，老來才發現：原來李白和杜甫都不看這些書的。讀董橋的〈大鬍子與消炎片〉才真正明白教寫作和學寫作是怎樣的一回事：一位倫敦醫生治療傷風感冒喉嚨發炎咳嗽的方法是「多喝熱水。多喝熱茶。多喝熱的牛奶。然後睡覺，然後休息。三兩天，一星期，感冒就會去敲另一家人家的大門了。」董橋一場傷風感冒喉嚨發炎咳嗽引發大鬍子醫生發表寶貴的心得，應記一功。毛姆說「身邊放五六本精彩的偵探小說，手捧一個熱水袋，卻能使人不在乎患了重感冒」；箇中情趣，在倫敦患感冒的董橋一定體會得到。

可是，病人大都認為大鬍子醫生的方法不管用。「多喝熱水。多喝熱茶。多喝熱的牛奶。然後睡覺，然後休息。」似乎不算「治療」也不算「方法」。病人眼中的「治療」或「方法」恐怕一定要與「藥」有關，醫生不給藥就是沒有盡責就是不夠專業。教寫作也常遇到類似的問題：老師跟學生說寫文章的方法是多讀好文章多寫多練習，大部分學生會認為這種老師沒有盡責又不夠專業——把生病和寫作拉在一起作類比，並非認為寫作是一種疾病，但妄求寫作方法卻真的是一種很普遍的「精神病」；這種妄想症又普遍地存在於教育界中，不免令人擔心。

不少人急於奪獎成名，專抄小徑用奇形怪狀的文句和半懂不通的內容去瞞混評判，就是沒有人肯一板一眼一針一線一點一滴一心一意地去認認真真寫文章。說到底糊塗評判固然該罵，取巧的參賽者實在也該自我反省。只是，如果老師跟學生說，寫好文章的方法是多讀好文章多寫多練習；學生大概會以為這位老師神經有問題：「不是吧？」

這幾年我在大學已迴避教寫作。早年敢教是膽大，後來少教是膽怯，如今避教是膽喪。要教，恐怕只能教些基本的書面表達技巧。學生若能掌握基本的表達方法，好好培養情感，大概寫詩寫文都問題不大。有畢業多年的學生回校探望我，說終於明白多閱讀多練筆才是學習寫作的不二法門——我是隱隱看到這位年輕人背後那一棵枝葉扶疏的菩提樹了。

董橋筆下那位大鬍子醫生一定做不成名醫，到今天恐怕連當一位語文老師也未必及格。今天學寫作可以架空生活沒有血肉摒除喜怒而只剩下方法理論及尖新的嘗試。個人卻認為寫作可能更需要充實的生活敏感的心靈閱讀的習慣和一點點基本的書面表達能力；本固元培，下筆未必即成佳章卻能自成理路。

也留一把大鬍子的荷西婚前曾用試探的口吻問三毛要嫁一個賺多少錢的丈夫，三毛說：「看得不順眼的話，千萬富翁也不嫁；看得中意，億萬富翁也嫁。」荷西有點失望：「說來說去，你總想嫁有錢的。」三毛卻說：「也有例外的時候。」荷西追問：「如果跟我呢？」三毛老實地答：「那只要吃得飽的錢也算了。」荷西竟然再追問：「你吃得多嗎？」三毛善解人意又深情款款，很小心的回答：「不多，不多，以後還可以少吃點。」就這幾句對話，三毛就成了荷西的太太。求婚和寫作一樣，靠的絕不是人力不是財力不是物力不是計畫不是方法也不是策略。

且靜心蓄一把大鬍子。倘偶然遇上患感冒的董橋或求真愛的三毛，一個也許是善病維摩一個彷彿是多情天女，算是不枉此生了。甘心當一個低調的醫生討生活、甘心學清貧的荷西討老婆；不用奢求病客盈門也不必妄想妻妾成群。作家毛姆蓄的雖非絡腮美髯，唇上兩撇鬍子看來還是經過悉心打理，一樣耐看。哈維取笑毛姆說：「過去我也留有你這樣的鬍子，後來覺得挺難看，就剃掉了。」毛姆反唇相稽：「過去我也長着一張你這樣的臉，後來覺得難看，就只好留這樣的鬍子了。」如此看來，在「閒即傍邊立，看多長卻遲」的蓄鬍子歲月中，不妨趁機多騰點時間學毛姆寫些散章閒文，一定大佳。

散文之所以長篇

若還與他相見時，道個真傳示：不是不修書，不是無才思，
遶清江買不得天樣紙。

——貫雲石〈清江引〉

作家似乎不該在文學作品的篇幅上太花心思。散文篇幅之長短尤應順心、隨興；有話則長無話則短，道理其實挺淺易明白。再把散文篇幅的問

題聯繫到女孩子穿裙子的學問上去思考，領悟就更深刻：主張散文要寫得精短，那是說女孩子穿的都該是短裙子？撫心自問，自省少年輕狂時代也有過類似的綺念，而今中年卻老是想起貼地的六幅湘裙。琴操自詡「裙拖六幅湘江水」，想必不露玉腿，但一樣優雅動人。

美國經濟學家喬治泰勒在上世紀二〇年代提出過一種以形象描述經濟市場走勢的「裙邊理論」(hemline theory)。理論大意說經濟增長時女人會穿短裙，因為要展示裏面的絲襪；而當經濟不景氣時，女人買不起絲襪，只好把裙邊放長。有人曾利用這理論去分析道瓊斯指數，得出結論是道瓊斯指數的中長期走勢跟巴黎街頭女人的裙子長度關係密切：流行穿短裙時，道瓊斯指數上揚；反之，則道瓊斯指數下跌。

說到底，喬治泰勒的「裙邊理論」是看透了「炫耀」與「遮醜」的人之常情，再由魯酒薄曲折地聯想到邯鄲被圍；觸類旁通，算是「不無道理」的理論。說「不無道理」，潛台詞是不忍反駁而並非不能反駁。正如認為優秀散文一定要短的主張也是如此「不無道理」。抗拒長篇散文的人，動輒就拿現當代文壇祖母冰心的〈一隻木屐〉為論據。只因冰心曾說過「這篇文章寫好時有兩千多字，後來刪掉一千五百字，最後只剩下現在的八百字」。這是文壇美談，直可與歐陽修的「逸馬殺犬於道」相媲美。更何況精簡、明快、簡練等要求在在與我們民族的傳統審美標準血脈相連。只是稍為清醒的人都會知道，冰心刪掉〈一隻木屐〉中的一千五百字是文辭上鍛煉提煉的決定，與散文篇幅之長短本無關係。以為文壇祖母在散文創作上愛穿短裙的誤解，要反駁的話你一定可以，但你會忍心反駁嗎？

慣讀〈陋室銘〉、〈荔枝圖序〉、〈記承天寺夜遊〉等唐宋名家短篇散文精品；散文在篇幅上那「尺幅千里」的效果慢慢凝定，變成標準，並一直主導着後世的散文創作。明代歸有光的〈寒花葬志〉全文只一百二十二字卻字字生猛動人。「嘉靖丁酉五月四日死葬虛丘」十一字佔去全文總字數十分之一，具見生死事大、主僕情深。

散文短，固然好看；散文長，也不一定就是冗贅拖沓。散文可以是一杯水，也可以是一條長河；散文可以是一頁斗方，也可以是一軸長卷。寫長篇散文需要長時間「部署」。「部署」最起碼包括搜集材料和較長時間的醞釀。當然也不是單靠兩三個「閃念」就可以寫成長篇的。貫酸齋說「不是不修書，不是無才思，遶清江買不得天樣紙」，有這樣的才思一定可以寫個長篇或極長篇。理想中的長篇散文單位是「一篇」而不是「一個系列」，更不應是第一人稱長篇小說之偽裝。前者可以理解為穿十條短裙不能等如穿長裙，後者可以理解為穿長裙並不等如穿長褲。閻連科《我與父輩》和賈平凹《定西筆記》都號稱「長篇散文」。只是《我與父輩》近似家族歷史傳記，《定西筆記》則加入了太多細緻肌理描寫片段而予人小說之感——硬說這兩個作品就是「長篇散文」也只能說「不無道理」；要反駁的話你一定可以，但你忍心反駁嗎？

余繼聰在〈散文的篇幅字數問題〉和〈再談散文的篇幅字數問題〉中反對把散文寫成中長篇。余先生的心情我非常了解，但把散文寫成中長篇正如把散文寫成短篇一樣：不必成為所有人的事而應該容許成為部分人的事。旁觀者不必打壓、不必鄙視更不必取笑。長篇敘事詩《格薩爾王傳》是超過一百萬行的長詩，張煒的《你在高原》也將小說的長度提增至四百多萬字；散文的長度未必需要挑戰「百萬大關」，但嘗試放下對長篇的成見，放下即時即景式的快餐速食情意結，也未嘗不是好事。余繼聰說「寫成長篇散文就是攪窩子，褻瀆散文，搞壞散文陣營」、「散文從它產生就不是中篇、長篇。中篇、長篇不是散文。散文就應該精短，飯前飯後三五分鐘，即可欣賞完一篇」——蘇東坡取笑秦少游「小樓連苑橫空，下窺繡轂雕鞍驟」是「十三個字，只說得一個人騎馬樓前過」。長篇散文卻不一定「只說得一個人騎馬樓前過」。寫長篇散文就是「搞壞散文陣營」的說法，要反駁的話你一定可以，問題是你忍心反駁嗎？由「不忍反駁」終於慢慢變成「不敢反駁」——陳季常之所以如此懼內，在閨房內慣出了一頭河東獅，大概與此有關。

互聯網上流傳着一個考腦筋的問題：公車來了，一位穿長裙的小姐投了八塊錢，司機讓她上車；第二位穿迷你短裙的小姐投了四塊錢，司機也讓她上車；第三位小姐沒投錢，司機還是讓她上車。為甚麼？只考慮裙子長度、迷信裙子短就一定佔優勢的人，每想到那位不必投錢卻可以乘車的小姐時，一定會跑到非想非非想處去找答案的了。答案其實很簡單而且合理——刷儲值卡。

註：本文是五萬字長篇散文《小字雙行——荼蘼花事箚記》的跋文。

好看果然重要

偶來松樹下，高枕石頭眠。山中無曆日，寒盡不知年。

——〔唐〕太上隱者〈答人〉

只書甲子不書當朝年號，古時的當政者視此為「不奉正朔」，可以是很嚴重的事。蘇轍的〈東坡先生墓誌銘〉記「使者發幣於官吏，書稱甲子」，意思是高麗使者把各種禮物分發給宋朝官吏，但文書中只書甲子，沒有署用宋朝的年號。蘇軾沒有接受禮物，說：「高麗於本朝稱臣，而不稟正朔，吾安敢受！」使者只好補上「熙寧」年號。這故事後來還收錄在馮夢龍的《智囊全集》的〈迎刃〉篇之中。無獨有偶，《明史》卷一三六記洪武初年開平王常遇春逝世，當時的高麗國遣使來祭。曾修《元史》的曾魯接見高麗來使：「索其文視之，外襲金龍黃帕，文不署洪武年號。魯讓曰：『龍帕誤耳，納貢稱藩而不奉正朔，於義何居？』使者謝過，即令易去。」

《南史》說陶淵明「所著文章皆題其年月，義熙以前明書晉氏年號，自永初以來，唯云甲子而已」。陶潛「唯云甲子」在政治立場上取態鮮明且具見風骨；這點心思轉化成桃花源中「不知有漢，無論魏晉」的逃秦暗示；同樣得到後人重視和尊重，與史流傳。生於理宗嘉熙年間的蔡正孫，於宋亡後歸隱故鄉建安，遺民立場甚堅，不書元朝年號；同樣是「唯云甲子」。《歷代詩餘》卷一百十八記錄張孟浩的話：劉辰翁作〈寶鼎現〉詞，時為大德元年，自題年款卻是「丁酉元夕」，亦義熙舊人只書甲子之意。台灣的「敦源社惜字局捐資置產碑」立石於一九〇一年，正是乙未割台灣後的「日治」歲月，而碑記也不署日本年號，只署「辛丑桂月」。

傳統書畫仍以干支紀年為主流當與遺民或逃秦的思想無關，但文人好事總多少可以反映到「干支紀年」這樁無聊而有趣的事上。萬擁軍在〈淺析書法作品中的公元紀年〉中反對書畫採用干支紀年卻出於另一種考慮：「目前在傳統藝術領域（原注：中國書畫等）很多作品採用的仍然是干支紀年，這勢必會造成作品訊息傳達的不充分、不準確（原注：因為沒有年號，干支紀年的名稱每六十年就會循環一次），從長遠來看，也不利於傳統藝術的傳播。」因此，他主張書畫署紀年應統一用西元。

《解慍編》〈眉爭高下〉故事有趣且寓意深刻。目問眉曰：「我能辨別好歹，識認萬象，大有功於人，爾有何能，位居吾上？」眉曰：「我也不與你爭高下，必欲我在爾下，好看不好看？」萬擁軍講的不是甚麼艱深道理，像「因為沒有年號，干支紀年的名稱每六十年就會循環一次」的「分析」，稍通常理者亦會明白。這道理難道歷來的書法家國畫家都不懂嗎——這才是值得「分析」的重點。鄒德祥在〈書法落款何必「唯云甲子」〉說「毛澤東、郭沫若、啟功、沈鵬等書法大家在自己的書法作品上大都署公元時間」，「大都」二字才是事實的關鍵。像謝無量書「露梢風葉之軒」橫披，署「一九五六年十月」，書杜甫〈堂成〉直幅則署「丁酉夏至前三日」。沈尹默書李大釗詩並序直幅署「一千九百六十三年」，書大字「造極」直幅則署「丁酉秋日」。我不相信謝無量沈尹默不明白「干支紀年的名稱每六十年就會循環一次」的簡單道理，署干支不署西元年份很可能是「好看不好看」的問題。董橋在散文集《甲申年紀事》的「小引」中說：「沿用干支紀年，那又是我這樣的老人追念泛黃歲月的一絲慰藉」，說法倒是「好看」極了。

說玩物喪志，玩舊物玩到紀年干支日子都不放過，真是夠得上一個「喪」字。看看六十甲子表，有些干支組合看來特別親切，容易發思古之幽情。干支的一個循環，稱為一甲子，甲子可以實指六十年或泛指歲月光陰；曆書也可以稱為「甲子書」。《書經》〈牧誓〉中「時甲子昧爽」的「甲子」講的卻是甲子日而不是甲子年，記載的是武王伐紂時在牧野誓師的事情，一樣令人難忘。竹松兄送我一枝舊刻臂擱，七寸長的竹臂擱渾身深深的蜜糖色，上手一盤包漿就煥發得又甜又亮。臂擱上刻一隻水鳥和一池荷花，署款竹人「超劫仙」未詳何人。紀年干支作「甲戌初夏」，我一見就大叫「好一個甲戌」——南朝庾信名篇〈哀江南賦序〉中有「窮於甲戌」一句，後人對「甲戌」就多了一層歷史聯想。南社詩人金石書畫名家易大厂生於一八七四年，正好是「甲戌年」，他自鐫一方白文圖章「窮於甲戌」，用的就是〈哀江南賦序〉的句子。而《脂硯齋重評石頭記》甲戌本則是現存各抄本中最珍貴的一種，霍克斯英譯《紅樓夢》為了遷就英文讀者只能把「甲戌」譯為「一七五四」；是翻譯過程中最不得已的遺憾！

甲申年也有特殊含義。一六四四年歲次甲申，崇禎自縊煤山，明朝滅亡。一九四四年郭沫若在延安寫了〈甲申三百年祭〉，借古道今；毛澤東相當看重這篇文章，把它奉為黨內整風的重要文件。類似〈甲申三百年祭〉的文章還有劉亞洲的〈甲申再祭〉、曾節明的〈甲申三百年再祭〉和李劍峰的〈甲申三百六十年再祭〉。「甲申」大致上已是「明亡教訓」的象徵。董橋二〇〇四年出版的文集取名「甲申年紀事」，文集內容不涉興亡不講教訓，寫的盡是江渚上白髮漁樵與春風秋月。董橋不可能不知道「甲申」中的明亡隱喻，卻舉重若輕把歷史沉重的聯想換接到或濃或淡的瀚墨歲月中去。「甲午」讓人一下子就想到中日的海戰風雲。丙午和丁未也跟戰爭有關。宋代柴望作《丙丁龜鑒》，歷舉戰國到五代之間的變亂，發生在丙午、丁未年的有二十一次之多。殷堯藩〈李節度平虜詩〉「太平從此銷兵甲，記取紅羊換劫年」，丙和丁五行屬火，未則屬羊；「紅羊換劫」講的是丙午和丁未，國家多事之秋也。其他如「辛亥」革命、「戊戌」政變、「庚子」賠款……干支都署得深深刻刻，耐人尋味。《己亥雜詩》若改為「道光十九年雜詩」或「一八三九年雜詩」固然準確，卻未必「好看」。

不管年份只講月日，又是另一樁無聊而挺有趣挺「好看」的事。有關孟子生卒的年月日，司馬遷《史記》〈孟軻荀卿列傳〉、東漢趙岐《孟子章句》等均無記載。至元代張須作〈孟母墓碑記〉始引用《孟氏譜》的材料，認為孟子生於周定王三十七年己酉四月二日。清代績溪名醫胡澍請金石大家趙之謙刻一方兩面印，其中一面正是「同孟子四月二日生」。其實我也是四月二日生，可惜是新曆不是陰曆。大兒子生於三月三日，讓人聯想到「上巳」曲水流觴的雅事，可惜也是新曆不是陰曆；殺了些風景。小兒子生於五月四日則確是「五四運動」紀念日。李後主生於七月七日，正是「七夕」，牛郎織女一年一會淒美傳說都襯得上後主的哀怨平生。〈高平關取級〉說趙匡胤到高平關向高行周借人頭，高行周開的條件是要與趙家結為姻親。趙匡胤答應以胞妹嫁入高家，在寫合同時唱詞是「俺妹子趙美容年庚癸亥，秋八月十五日產下她來……」，這個杜撰出來的趙小妹不必登場，單看名字和生日，就讓人想到小妹的花容月貌——也應該非常「好看」。

至如具特殊意義的帝號年號，容易引起集藏者的文化聯想；流金歲月，亦堪摩挲。清季著名的四大藏書家之一的陸心源藏書藏磚都成癖，「皕宋樓」藏宋版書「千甓亭」藏古磚，風雅得不得了。陸心源請楊峴書齋榜，楊峴趁機打「磚」的主意：「要我書齋榜，須以古磚作潤筆，磚愈佳，則字亦愈佳也。」收藏古磚向來講究帝號紀年干支，楊峴對陸心源的藏品十分熟悉，並「艷羡之至」，曾向陸氏提出「如有重複之本初、甘露、黃龍、天冊、天紀、天璽、黃武、嘉禾等磚，不論全塊、半塊，或則三國以前磚更好，只要字畫清晰無損傷者，幸開價示我，力所能購則購之」的要求。古磚集藏中「永和」磚最為矚目。王羲之〈蘭亭序〉有「永和九年，歲在癸丑」之句，集藏古磚者因此開闢了以「永和」為集藏對象的專題。晉磚磚銘如有「永和」年號者既「好看」又受歡迎，倘銘文是「永和九年」就更受藏家青睞，甚或加署干支作「永和九年歲在癸丑」則與〈蘭亭序〉紀年相合，更加「好看」。林語堂英譯〈蘭亭序〉起筆正是「In the ninth year of the reign Yungho (A.D. 353) in the beginning of late spring we met at the Orchid Pavilion in Shanyin of Kweich'i for the Water Festival, to wash away the evil spirits.」，譯得準確卻不好看。魯迅雅好收藏，在一九一五、一九一六年的日記中先後三次記錄了「上午得二弟信並『永和』磚拓本一枚」的金石因緣。魯迅日記中的「二弟」就是知堂老人周作人。周作人在〈往昔續〉組詩中說王羲之「一幅蘭亭序，今古稱至文」、「鄉里多勝事，首最推此君」。周氏昆仲祖籍紹興，而王羲之永和九年的雅聚地點正是紹興的「蘭亭」。商丘王秋人與書聖有同姓之雅，對永和晉磚尤情有獨鍾；堂號「永和」大有追慕前賢之意。他個人集藏的「永和晉磚」有百多品，磚銘均有「永和」年號。陸心源的千甓亭有本初、甘露、黃龍、天冊、天紀、天璽、黃武、嘉禾……就是沒有永和。我題詠王兄手拓的磚銘有「千甓亭前無此甓，更誰空羨陸心源」之句，出語也許不無唐突，卻是事實。王兄的藏磚中有一品為「永和九年八月朱氏立」，製磚人與我同姓也巧得特別「好看」。王兄太行山寫生歸來為我拓裱一軸手卷。夜來燈下展觀，真如溫嶠臨水燃犀；磚銘字字虯曲伸屈魚龍百態。

《晉書》〈溫嶠傳〉說東晉溫嶠「至牛渚磯，水深不可測；世云其下多怪物。嶠遂燬犀角而照之。須臾，見水族覆火，奇形異狀，或乘馬車著赤衣者。」溫嶠臨水燃犀多事，《晉書》續說溫氏夜夢不祥，牛渚磯水怪報夢說：「與君幽明道別，何意相照也？」「意甚惡之。嶠先有齒疾，至是拔之，因中風，至鎮未旬而卒」——展手卷看至第十二品「永和九年六月二十六日作」，磚銘反書，詩跋有「等閒莫效殘磚字，百怪魚龍入夜來」之句，未知是否心理影響忽覺大臼齒隱隱作痛，也許連日來睡得晚有點上火，連忙關燈上床蒙頭大睡——夜夢果然不祥：是夜夢中但見人人變得眼目在上眉毛在下，奇形怪狀。一覺醒來，低回妖夢，方信「好看」果然重要。

大雅之堂也有廁所

風虎雲龍亦偶然。欺人青史話連篇。
中原代有英雄出，各苦生民數十年。

——于右任〈讀史〉

小孩子似乎特別關心廁所的問題：「火車到站時為甚麼不能上廁所？」我引導兒子上網找答案，果然，只「百度」一下就找到箇中原因：「火車上的廁所大多和外界是直通的，就是廁所的糞便直接排放到路基上，不會做任何的處理，……所以列車在站台或者接近市區的時候都要關閉廁所。」我故意誤導他、唬嚇他：「飛機在降落前也不讓乘客上廁所的，你想想為甚麼？」小孩子細心一想，說在露天的地方要小心飛機在頭上飛過！

歐陽修說生平文章多作於馬上、枕上和廁上。米蘭昆德拉未知是否就在廁上悟出警句，他在《生命中不能承受的輕》中說：「媚俗就是對大便的絕對否定。」寫得出如此深刻、直接、大膽的話，筆下演繹的布拉格之春難怪都能處處舉輕若重；連生命都不能承受的重量，正是那一點可以令生命顯得更脆弱的「輕」。

袁枚十二歲年紀輕輕就中秀才。放榜那天「門前已送好音來，階下還騎竹馬戲」。秀才郎春風得意，卻仍未脫小孩子泥龍竹馬的一片爛漫天真。袁枚也曾經歷過那「生命中不能承受的輕」：二十四歲參加科考時遇上試題「賦得因風想玉珂」，袁才子應題賦詩，心猿不羈意馬無韁，有「聲疑來禁院，人似隔天河」之句，出語亦殊妙。可惜閱卷員認為詩句「語涉不莊」，才子幾乎落榜。大概閱卷員以為詩句中的「人」是玉人，玉人隔天河，大有牛女相思之意，事涉兒女私情；因此評為「不莊」。袁才子在《隨園詩話》中說當時的創作動機是「余欲刻畫『想』字」；才子妙想天開，卻又沒想到應制文章不應「想」得太多。所謂「大雅之堂」，一般都容不下小情小趣。才子可以由「玉珂」聯想到金戈鐵馬；一旦聯想到環珮珊珊，就有失莊重。說袁枚輕薄油滑是事實，但以「人似隔天河」一句作為呈堂定讞的證據就一定不能成立。反而他晚年寫「若使風情老無分，夕陽不合照桃花」，周作人批評「隨園未能免俗，又說些肉麻話」，才算是鐵證。

向來欣賞周作人筆下的「不莊」，「不莊」來得親切也來得天真。他〈書房〉七絕夠得上「不莊」二字，分外好看：「帶得茶壺上學堂。生書未熟水精光。後園往復無停趾，底事今朝小便長。」反觀《中國青年報》報道內地一些小學「一天上廁所，不准超過三次」的規矩，也真的令人感到教育和人性都在大倒退。小孩子大小便是正經事，喝水多而致「小便長」是正常事。上世紀的周作人把這些事寫進七絕中去，卻無意中挑戰了千禧年代教育工作者的底線——反正不是應制詩文，野鶴無糧，天地自寬是自成一國自得其樂。看袁枚帶着一身才氣去應試，得「語涉不莊」惡評是自投羅網自討沒趣自取其辱。

日本德島縣三好市祖谷溪上有「尿尿少年」銅像，銅像是一九六八年河崎良行作品。造型是一名光頭的日本少年。銅像立在谷頂，下臨兩百公尺深的山谷。沒有「噴水」裝置的銅像只作勢向深谷下「尿尿」。據說曾經有人試着在這塊大岩石上尿尿，小便還沒灑到谷底就成了霧。銅像未算「不莊」，真的在谷頂尿尿的人才是不雅；雅俗莊諧關係之微妙，可見一斑。比利時首都布魯塞爾的市標 Manneken Pis 銅像中譯為「尿尿小童」，已有約四百年歷史；配合噴水裝置，甚饒童趣。台灣嘉義公園、東京都港區濱松町站的月台和日本兵庫縣伊丹市荒牧薔薇公園也有這銅像的複製品。銅像可以大剌剌地在公眾面前撒尿，正好說明所謂「大雅之堂」其實也要有廁所設備，否則數萬平方米的「大雅之堂」恐怕還是不適合人類居住。像上廁所這等事涉不莊的事情，算你不是腎虛，一天也得做十次八次。王蒙說：「我每天都吃三頓飯，睡八小時覺，大便一次，小便六七次，從來沒有考慮過這樣是雅還是俗。」因為自然而然，因此沒有甚麼要考慮。書法篆刻名家鄧散木自號「糞翁」，連展覽請帖都是上廁所用的「草紙」；書齋也順理成章，叫作「廁簡樓」。有求字者以倍潤要求他不要在作品上署「糞翁」，終被拒絕。

二〇一一年《聯合報》上報道，行政院長吳敦義出席監察院古蹟展時，極盼一睹于右任「小處不可隨便」墨寶。話説于右任寫的「不可隨處小便」告示給人割裱重裝成「小處不可隨便」，成藝壇佳話。如這是事實，這該不是「佳話」而是「笑話」。喜歡于右任書法的話，原作「不可隨處小便」更見趣味，不必割裱。移形換影改成「小處不可隨便」只覺道學家氣味十足，悶得死人！這樁所謂「佳話」也許是訛傳，行政院長要看的墨寶遍尋不着。監察院長王建煊居然從于右任其他書法墨寶中集字拼貼，不算媚上也算得上多事。

由黃白二事想到「廁所文章」，從民俗、文化或設計角度寫的「廁所」專題書實在不少。如果能另編一部「廁所文章」的專題書，以廁所黃白貫串文史人事，以小見大，未必能成經典，卻一定有趣好看。《史記》〈刺客列傳〉說豫讓「入宮塗廁，中挾匕首，欲以刺襄子」，卻因「襄子如廁，心動，執問塗廁之刑人」而事敗。太史公寫鴻門宴上沛公逃席的藉口是「如廁」，合情合理；確是史家絕唱。袁才子後來參悟箇中玄機，在《子不語》中記：「金陵葛某，嗜酒而豪，逢人必狎侮之。清明，與友四五人游雨花台。台旁有敗棺，露見紅裙，同人戲曰：『汝逢人必狎，敢狎此棺中物乎？』葛笑曰：『何妨。』往棺前以手招曰：『乖乖吃酒。』如是者再。」葛某口舌招尤果然惹來女鬼纏身。葛某倒也鎮定機靈，採取主動，把女鬼引上酒樓——「共飲良久，乃脱帽置几上，謂黑影曰：『我下樓小便，即來奉陪。』

黑影者首肯之。葛急趨出歸家。」袁才子學太史公筆法師其意亦師其辭，下筆勝不過太史公卻一定勝過少作「人似隔天河」。才子放筆在故事中寫一句「我下樓小便」，葛某就撿回一命。

說寫文章應「小處不可隨便」，確有道理。若說寫文章「不可隨處小便」也合常情。「小處不可隨便」是態度，「不可隨處小便」是修養。于右任長髯飄胸，寫得出「中原代有英雄出，各苦生民數十年」的詩句，筆下隨心順意寫寫「不可隨處小便」，不管是否別有深意；不必誰來多事重組字詞，都可以傳世。那些連「人似隔天河」都認為「不莊」的人，就是連「不可隨處小便」的「隨處」都容不下，硬要寫詩寫文「不可小便」。郭沫若曾批評沈從文是專寫頹廢色情小說的作家——要得出類似的驚人結論，看來真的要問問講這句話的人究竟是學佛印心中有佛還是學東坡心中有屎。

大約是沈從文去世前的兩三年，一位美國女記者問起沈從文文革時的情形，沈從文說：「我在文革裏最大的功勞是掃廁所，特別是女廁所，我打掃得可乾淨了。」蓋棺定論：沈從文的文章比郭沫若的好看，沈從文的袍服研究比郭沫若的古文字研究好看，沈從文寫的字比郭沫若寫的字好看。種種「好看」也許都跟有沒有認真掃過廁所有關。「媚俗就是制定人類生存中一個基本不能接受的範圍，並拒斥來自它這個範圍內的一切」，米蘭昆德拉說得好。也難怪昆德拉的作品曾六次獲諾貝爾文學獎提名，結果卻跟沈從文一樣：沒有真正得過諾貝爾獎。美國運動員肖特倒算幸運，他在一九七三年奧運的馬拉松賽事進行時，因人有三急要到賽道旁的叢林「解決」；雖一度落後，但最終還是奪得冠軍。

發展感情這回儍事

文學不是發展的，而是變化的，即是說，我們現在的作品，最好也只是像古典作品那樣好（事實是永遠達不到），文學絕不存在現在比以前好這回事。

——黃燦然《在兩大傳統的陰影下》

黃燦然說：「文學不是發展的，而是變化的。」查《易》〈乾〉有「變化」

一詞：「乾道變化，各正性命。」孔疏云：「變，謂後來改前；以漸移改，謂之變也。化，謂一有一無；忽然而改，謂之為化。」《中庸》疏云：「初漸謂之變，變時新舊兩體俱有；變盡舊體而有新體，謂之為化。」古文獻中一時找不到「發展」，姑且查一下《現代漢語詞典》，「發展」詞條下云：

「事物由小到大，由簡單到複雜，由低級到高級的變化。」

劉大杰經典著作原名「中國文學發達史」，後來改訂為「中國文學發展史」；將來會否有人別出心裁另編一部「中國文學變化史」？讀者糊塗怕會誤以為是科幻文獻。我想，文學之所以「不是發展的，而是變化的」，很可能由於文學本來就屬於「感情」。時下人卻愛談「發展感情」這回傻事，關鍵在於誤信感情可以「由小到大，由簡單到複雜，由低級到高級」。感情這回事一旦強調發展，為了達到「大」、「複雜」和「高級」的目的，終於訴諸身外的「物質」。魯迅說「愛人贈我百蝶巾；回她甚麼：貓頭鷹」、「愛人贈我雙燕圖；回她甚麼：冰糖葫蘆」、「愛人贈我金錶索；回她甚麼：發汗藥」；結果是愛人「從此翻臉不理我」。感情如果真的是一個「發展」過程，貓頭鷹當然不夠「大」、冰糖葫蘆也不夠「複雜」、發汗藥一定夠不上「高級」；我們的文學大師失戀，是必然的了。

由少年夫妻到老夫老妻，從感情上講向來都不是起承轉合初盛中晚或成住壞空的線性發展。「感情」或「愛情」如真的要「發展」大概只能講「階段」。無怪乎時下人都非常重視「紀念日」：相識紀念日、約會紀念日、初吻紀念日、擁抱紀念日、求婚紀念日……有了這批「紀念日」作座標，感情就好像有了定點的發展根據和方向。因此，婚齡紀念的把戲越來越受重視，花樣也多，由結婚一周年到結婚六十周年都要紀念。感情一旦換上了「婚齡」概念，就可以不停「發展」。以美國人的婚齡紀念為例：一周年是紙婚；二周年是布婚；三周年是皮婚；四周年是絲婚；五周年是木婚；六周年是鐵婚；七周年是銅婚；八周年是電器婚；九周年是陶婚；十周年是錫婚；十一周年是鋼婚；十二周年是亞麻婚；十三周年是花邊婚；十四周年是象牙婚；十五周年是水晶婚；二十周年是瓷婚；廿五周年是銀婚；三十周年是珍珠婚；卅五周年是玉婚；四十周年是紅寶石婚；四十五周年是藍寶石婚；五十周年是金婚；六十周年是鑽石婚——看來美國人真的喜歡 develope，夫妻感情可以在這堆木石銅鐵金銀中兌換成「積分」或「印花」：不停發展儲夠積分或「印花」可以換取感情上的一抹光榮。結婚八周年婚齡中譯「電器婚」的「Electric Appliance Wedding」尤其「發展」得不倫不類。電器泛指一切利用電作為動力來源的器具。如果指的是電冰箱，那是說八年婚姻感情面臨冷卻。如果指的是電暖爐，則八年婚姻是步入熱情階段。如果指的是電視機，那是天天相對難捨難離之意。如果換上了電風扇，則大有秋扇見捐之預兆；是七年之癢的後遺症嗎？電飯鍋寓意八年柴米夫妻？還是電水瓶冷暖自知？攪拌機軋軋地響把八年生活攪得血肉模糊，電唱機唱盡了八年的悲歡與離合，還是電動牙刷暗示的相濡以沫。有人說電器的平均壽命只有八年，說法不無消極。夫妻關係經歷了紙、布、皮、絲、木、鐵、銅，再混入柴、米、油、鹽、醬、醋、茶；不同元素百般滋味，突然轉入了「電器」的奇特發展過程中，上不承「銅」下不接「陶」。這個階段的重點似乎在於找「電源開關」和「不短路」。感情能通電則電器運作如常，若一旦壞了，保養書過期無效，終於剩下一個名喚婚姻的軀殼。電器強調的只是「功能」。感情發展到這個地步，丈夫會開始考察太太是否最起碼具備電飯鍋、吸塵機、洗衣機、縫紉機、電熨斗、洗碗碟機的「功能」──一年夫妻就是「紙」、八周年夫妻就是「電器」以至六十年夫妻就是「鑽石」的想法，是粗糙地把感情簡化到只剩下「時間長短」的概念。秦少游偏不認同，說「兩情若是久長時，又豈在朝朝暮暮」。

「感情變化」已偏義地指「感情上出了問題」。其實變化可以指變好也可以指變壞。說「感情起了變化」就一定是「感情上出了岔子」的意思，會不會只是一廂情願的想法？中國人的感情世界真的可以不談發展卻變化萬千：村婦登山望夫可以化石，梁祝殉情可以化蝶，韓憑夫婦至死不渝的愛情可以化成相思樹相思鳥；點點滴滴樁樁件件都異常感人。巫山神女對楚王說「妾在巫山之陽，高丘之岨，旦為朝雲，暮為行雨，朝朝暮暮，陽台之下」，講得又迷離又彷彿；朝朝暮暮雲雲雨雨，暗示的其實都是「變化」。望夫石、梁祝蝶、韓憑鳥以至朝雲暮雨，都帶點超現實味道。管道升〈我儂詞〉則講得既現實又富「變化」：「把一塊泥，捻一個爾，塑一個我，將咱兩個一齊打破，用水調和；再捻一個爾，再塑一個我。我泥中有爾，爾泥中有我。」管道升的泥塑娃娃捻來捻去都還是兩個；這樣詮釋感情的變化一點都不「複雜」也不「高級」，卻非常到位傳神。

讀元好問〈摸魚兒〉那段小序讀得滿有興味：「乙丑歲，赴試并州，道逢捕雁者云：『今日獲一雁，殺之矣。其脫網者悲鳴不能去，竟自投于地死。』予因買得之，葬之汾水之上，壘石為識，號曰雁邱。同行者多為賦詩，予亦有〈雁邱詞〉。」這數十字短序比洋洋灑灑數十萬言的文學「發展」史好看多了。元好問果然好問也果然問得好，〈摸魚兒〉首句「問世間情是何物」一問就問到問題的核心處。其實元好問是自問自答，〈雁邱詞〉第二句「直教生死相許」不正是「情」的最佳定義嗎？大雁所殉的「情」，變化成并州汾水邊的一抔「雁邱」，雁邱又變化成多情詞客筆下的一闋〈摸魚兒〉——大雁若鵬，魚兒若鯤：把〈逍遙遊〉的妙喻作為聯想起點，看元好問感情上鯤鵬的微妙變化就明白「發展」這回事是多麼單調又多麼呆板。

《格林童話》中青蛙得到公主的愛而變王子的故事，確是深明感情之為何物的深刻筆墨；中年重讀，越覺情味無窮。時人不讀詩詞又少看童話，思想越來越簡單感情越來越幼稚。看來把黃燦然「文學絕不存在現在比以前好這回事」的觀點暗暗換成「感情絕不存在現在比以前好這回事」，似乎也可以成立。

淺論「私淑」的成本及其他

威而不猛，和而不同，慈心濟物，梵行明功；追蹤往哲，啟迪群蒙。一句彌陀，橫亙豎充；禪關把定，永鎮魔風。我來禮塔，恍睹遺容。咦！私淑未須言嗣法，聊將嗣德附蓮宗。

——藕益大師〈雲棲和尚蓮大師像贊〉

建立私淑關係的成本實在不算高，大概只需一點真切的佩服與理性的認同，另加一點點公開承認的勇氣。

師生能建立直接的關係是「親炙」，學生能承師教而傳師道者為「承傳衣缽」，若只講崇拜則是「瓣香」。「私淑」的意思大概是在「學習對象」的義項上再加一點點崇拜或孺慕之情。柳亞子自稱列寧私淑弟子，閒章上刻「私淑列寧」四字，盡顯革命豪情。孟子說：「予未得為孔子徒也，予私淑諸人也。」趙岐的解釋是：「淑，善也。我私善之於賢人耳，蓋恨其不得學於大聖也。」不得從學於先賢先聖，真是人生一大「恨」事，幸好有「私淑」這塊頑石，可以稍作彌補。

「私淑」是一廂情願的行為。在沒有得到對方的同意下就私自拜入對方門下自稱弟子，表面上看來有點幼稚又有點橫蠻，雖跡近單戀，但單戀也可愛。愛情肥皂劇的陳腔對白「你可以不愛我，但卻不能阻止我愛你」的句意庶乎近之。千禧年代是強調人權的年代，「私淑」在在可以體現誰都可以仰慕另一個人的權利。中國人講師生關係講了很多很多個世紀，卻似乎沒有好好強調「私淑」這一層特殊關係，實在可惜。中小學作文課常見老掉牙的題目，與其要學生寫「我的志願」，倒不如要學生寫一篇「私淑某某」，學生終身受用。這世代創新太多承繼太少，批判太多欣賞太少，等待被愛的人太多主動去愛的人太少；最終無法互動地建立關係。「私淑」強調承繼、欣賞和主動，難怪可以權充媧皇補天的大荒頑石。

當然，事涉承諾，講得出「私淑某某」是需要一點點勇氣的，更何況說自己「私淑某某」畢竟易罹標榜之嫌。比如說自己「私淑孟子」那是以亞聖作標榜，說自己「私淑杜甫」是以詩聖作標榜；同樣帶點自吹自擂的臭美氣息。私淑同代名人尤須小心，你說自己「私淑莫言」或「私淑余光中」；旁人一定嗤之以鼻：「就憑你？」若評價別人「私淑某某」也是非常危險的，因為在這個世代，在思想或風格上説某人受某人影響是暗諷、是指責而非讚譽。人人都強調自我的獨特風格，你説我「私淑某某」那不是説我擺脱不了某某的影子嗎？齊白石有一方七字圖章，印文是「私淑何人不昧恩」，這個「恩」字刻得十分感性也十分深刻。在精神文化上我們都甘作忘恩之人嗎？書法家張炳煌當年大專聯考落榜，留在台北補習的時候常去附近的展館看展覽，書法家即席揮毫時他就在一旁觀摩。日後有人問起他師承何人，他總是説：「台灣的書法家差不多都是我的私淑老師。」私淑得甚有分寸。章太炎自視甚高，早年在日本時東京警視廳要他填寫戶口調查表，他在「職業欄」填上「聖人」二字，可謂狂狷傲世目無餘子。想不到他卻公開自稱為「劉子駿私淑弟子」，把個人古文經學的學術淵源講得明明白白。章太炎真像那東勝神洲傲來國花果山靈石迸裂見風而成的石猴，身懷絕藝又我行我素狂放不羈，但在精神文化層面上卻找到令自己佩服的學習對象。不需如來的唵嘛呢叭咪吽更不需唐僧的緊箍秘咒，由衷的佩服主動的私淑從來都不涉一絲勉強。《天主教英漢袖珍辭典》中說尼哥底母是「新約中耶穌的私淑弟子」，定義得非常「中國化」；那該是辭典編譯者的看法。尼哥底母雖非耶穌「門徒」，但曾向耶穌問道，又為耶穌料理身後事，辭典編譯者說「私淑」也並不牽強。鐵凝在接受《新京報》的訪問時說「大師的時代已然過去，現在是一個沒有大師的時代」；文壇如此，其他範疇又何嘗不是如此。其實現當代有沒有大師不打緊，說到底，只要真正喜歡一個人或衷心地佩服一個人，就總可以在彼此間建立或虛或實的薪火關係。因為，最起碼我們還可以「私淑」、也可以「心照」、更可以「神交」、且可以「遙契」；如此這般試問又何患無碩師名人與游？司馬遷引用「高山仰止，景行行止」的詩句，道出「雖不能至，然心嚮往之」的讚歎實在是私淑情懷的折射。這種嚮往情懷既可以連繫中外又可以亙今通古。

喜歡方強的刀功和布局，印文的布置總帶幾分幾何味道，字畫挺拔光潔有力；金石味濃郁。雖然明知他未必介意，但在給他的電子短信中也只敢又間接又婉轉地說「黟山一脈有開發有承繼」，總不敢直接說他「私淑黃士陵」或「私淑鄧爾雅」。去年請他刻幾方閒章，其中一方「私淑苦茶」印小而白滿，是「私淑」漢印的路數，鈐在書稿信札上謙謙恭恭規規矩矩一點都不招搖。鈐章時倘配用略帶暗紅色的舊印泥效果尤佳；不為甚麼，低調就好。印文中省去「苦茶」後的那個「庵」字相信無損原意也無損私淑之情，卻可以節省多刻一個字的價錢；如此一來，「私淑」的成本就更低了。

青青陵上柏

青青陵上柏，磊磊澗中石。人生天地間，忽如遠行客。斗酒相娛樂，聊厚不為薄。驅車策駑馬，游戲宛與洛。洛中何鬱鬱，冠帶自相索。長衢羅夾巷，王侯多第宅。兩宮遙相望，雙闕百餘尺。極宴娛心意，戚戚何所迫。

——〈古詩十九首·青青陵上柏〉

羅菁辭掉大學的教席，臨離開的那段日子天天忙着收拾。辦公室的文件雜物如砌下落梅又多又亂，直忙到九月一日最後一天真的要走了，竟連正式道別都來不及。九月四日晚上才收到羅菁的道別電郵，說：「因為搬辦公室，倒瀉一籮蟹，現在才可以和您道別。此時，最能表達我的心情的，乃古詩十九首……謝謝您多年來提供的午餐笑話，早上的普洱……」

人生無處不陽關，科技發達，信息無遠弗屆，連網絡上都客舍青青楊柳依依。我回電郵說：「《紫釵記》霍小玉陽關送別，對十郎說『不慣別離』。『不慣』二字真的深刻。知道你要走，我感到更寂寞，我好像守在太平間的最後一員；只希望為的不只是賺取生活，而更是為着對教育的一點諾言。」

「我明白你的感覺，當初相繼聽到兩位資深老師要走時，我就覺得眼前燈火漸闌珊，只剩一番冷落清秋節了。所以，我遲遲不敢告訴你要走的事。更怕告訴你之後，被你遊說……」羅菁回覆中的「不敢」，直是清秋節後的末代曉風殘月。

「不慣別離」、「不敢告訴」；足證我們這一輩人思想雖不算保守卻都夠得上傳統二字。年近半百，道別話還是講得客客氣氣誠惶誠恐。羅菁雖然留學美國但骨子裏還帶着中國傳統情味。把道別當作一回事且辦得認認真真正正經經，是慣讀陽關三疊和煙花三月的同代人，一旦遇上「離別」，就會不自主地蕩進盛唐的折柳和別袂的詩境中去。

這幾年以來，教育真的給人「燈火漸闌珊」的感覺。一批批資深教師提早退下前線，另一批又即時替上。「任何人都可以取代另一個人」是人力資源調配上的基本信念。只是講感情則是另一回事：愛一個人重視一個人卻不是「取代」就可以了事。這個年代職場涼薄，寒風刺骨；教育界尤其風涼尤其刻薄。好不容易有一位資深老師主動提早辭職，反正任何人都可以取代另一個人：新聘另一個具三五七個學位年輕貌美逆來順受而又不介意由低做起的職員；多好。

羅菁説她教的一位大學生居然連自己的名字都寫錯，她慨嘆香港的教育大概到了癌症末期。我兩個兒子一個唸小學一個唸中學，而我在大學任教；我大致歸納得出近十多年香港的小學中學以至大學的課程內容真的是瑣瑣碎碎零零亂亂可相關的檔案文件卻編寫印刷得整整齊齊豐豐富富。教育滲入太多行政考慮，終於由向行政負責進化到向行政低頭向行政妥協。教育成就之高低取決於行政能力的高低，學術已經給矮化到只剩下學位及學費。職業培訓變成了教育的唯一內容。要向行政交代就要有明確、可見而可供量化的「勾襟」(outcome)。這些行政人員最重視的「勾襟」不知對學生有甚麼幫助，但肯定可以為行政人員營造安全感。學生連名字都寫錯這回事，在這班人眼中沒甚麼大不了，因為「寫對自己的名字」既然沒有列為科目的「勾襟」，誰都不必負責。要麼就由看不過眼的老師設計另一個新課程，列明科目的「勾襟」是要學生「寫對自己的名字」並歃血矢誓會採用前測、後測、中測、大考、現場錄音錄影、問卷調查、取樣訪問等方法去證明老師的教學成果。只是審批課程的大老爺姑奶奶思維周密，一定會發現參與課程的學生個個名字不同，有的名字筆畫多有的名字筆畫少，「寫對自己的名字」這個「勾襟」豈不是沒有「客觀」、「統一」的「標準」麼？最後還是會順利地把提案駁回的。

羅菁對教育不無牢騷卻滿有感情。那些年有政客說教育界是個很熱的廚房，誰受不了就請離開。廚房熱是正常不過的事情，但廚房異常地又反常地不斷升溫則恐怕不是忍受得了忍受不了的問題而該算是要命不要命的問題。羅菁向來畏冷不怕熱卻愛惜生命，毅然辭職還細心考慮到不敢告訴我，那一定經周詳考慮絕非一時衝動。我說她走後「我感到更寂寞，我好像守在太平間的最後一員」是事實，我實在情願把教育界聯想成陰冷的太平間也絕不願意用那涼薄的「熱廚房」作比喻。

共事的日子裏羅菁領我歸主、取笑我固執、罵我不積極登記當選民、諷刺我太容易妥協、鼓勵我繼續寫古典詩、支持我迫學生讀經典……而最難忘的是跟你談天。你在閒談中演繹當年台師大老教授的授課風采最動聽。「可不是！這才像樣嘛！」我是邊聽邊附和。那些陳舊的人和事，是趙家莊前斜陽古柳下負鼓盲翁所講的陳年故事了。我一個人守在太平間偶爾想起這些故事卻不無樂趣，最起碼故事有血有肉，而且，曾經如此又曾經這般地真實過。羅菁早年在台師大唸中文，留學美國讀神學讀戲劇，回港在大學任講師時又在課餘跟劉紹銘教授研究高行健戲劇；學術上唱做唸打樁樁件件紮紮實實。愛戲劇也愛教育的你，今天也許明白戲劇舞台原來比教育廚房更為真實。戲劇舞台確實需要真感情，那邊廂熱廚房中卻有人在互相塗脂抹粉並躊躇滿志地在扮教育。舞台上的片刻真實對演員和觀眾來說都非常受用。知道你考慮在某大專院校兼職教戲劇，就明白你對那片刻的真實是何等的重視。

一個人選擇離開某個部門或某個機構，其實沒甚麼大不了。見一葉落而知天下秋，也許只是個人太敏感或想得太多。節過中元又近中秋，這幾天真的滿城秋意，街頭巷尾都在談「國民」講「教育」反對「洗腦」討論「罷課」。羅菁專業搞戲劇一定看得出那批高踞首座扮教育的大老爺姑奶奶演技其實真的一點都不賴，可惜他們總不肯踏踏實實當一個真真正正的演員。我們的教育界居然容得下這幫人物，足證「任何人都可以取代另一個人」的說法也有一定道理。

你說怕我說服力太強，會令你不願離開。老實說，如果我真的要說服你留下，手頭上只有一個論據；這論據並不客觀而且有點好笑。年前我在課上播放一小段《留守太平間》的舞台錄影用以說明撰寫對白的技巧。正是馮祿德飾演的李學仁醫生跟陳康飾演的Jeff在太平間玩「飛行棋」的一段對手戲。Jeff擲骰如有神助居然每一次都擲得雙數，棋子可以「起飛」前進；李學仁按捺不住大叫：「喂，你粒骰係咪做咗手腳㗎？點解你起晒機我都仲未擲到『6』㗎？」課上一位學生問：「老師，點解個演員咁厲害，可以每次都擲得雙數？點練喍？」我解釋說反正觀眾根本看不到骰子上的數目，只要演員演得好，演員在台上擲出任何數目都可以說是雙數。學生恍然大悟，笑說演員原來在「欺騙觀眾」，還認真地說要回去好好苦練骰擲雙數的絕技：「如果我真的可以每次都擲出雙數，演李學仁的馮祿德一定會演得更投入。」——就因為學生這個天真的理由，我覺得我們尚有藉口可以在陰冷的太平間留守。

你在電郵上說古詩十九首的「青青陵上柏」最能表達你目下的心情。這詩我早就讀過但此刻重讀則又有別樣感慨。曾在教育界抬頭見過陵上柏低首看過澗中石，算不枉此行了。此後，你若回到太平間探望我；不必叩門，回來就好，推門請進。任何日子回來都歡迎，不急，我的普洱是澀味新茶，多存一段時間滋味也許會更好些。其實茶葉極其次要，重點在於溫度。陰冷的太平間雖不必變成奇熱無比的奪命廚房，卻還需要一盞熱茶、幾個問字青年、三兩位知心朋友。

另抄一首詩當作回覆：「倦飛塵網鳥知還。握別臨歧鬢欲斑。早燕差池秋雁斷，人生無處不陽關。」這詩羅菁一定沒讀過——詩是我寫的。縱然有點捨不得；送你。

跋

在「畫」與「推」之間游弋

在「畫」與「推」之間游弋該是一種怎樣的情況？也許像扶乩。

說文章是精神食糧，其實隱含「中看不中吃」的意思。現實生活中，吃比看重要；吃不飽，看甚麼都沒有意義。衣食足然後知榮辱，榮辱無憑，都只是人生中的畫餅。當然，餅要畫得傳神畫得逼真，才有一點兒「中看」的價值。如果只是畫個半圓不方的簡單圖案，那是連「看」的意義都沒有了。因此，寫文章縱然沒有多大的實質意義或價值，但動起筆來還是要很認真、很用功地把「中看」這回事盡量顯露出來。前人說「煮字療飢」、

「消化文章」、「咀嚼文意」、「含英咀華」、「飽讀詩書」都盡屬充飢果腹的妄想。蘇舜欽連《漢書》都可以下酒，那才是不花不假的醉翁之意——不在《漢書》。他讀到張良椎擊秦王誤中副車大叫「惜乎不中」，喝一大杯；讀到劉邦張良君臣相遇相知則說「其難如此」，又喝一大杯。看他滿有藉口地不斷添飲，是班固的畫餅遇上了隔世知音。屈大均弔雪庵和尚詩有「一葉離騷酒一杯」之句；《離騷》下酒，又是另一番方外人貪杯好飲的曲折藉口。

說推枰是君子風度，這種風度還是要好好學習的。面對人生勝負不是拂袖不是罵座更不是焚琴或煮鶴。只輕輕推一推棋盤示意，不拖沓不囉嗦更不胡扯，才是大國手的風度。如果是心心不忿面紅耳赤怨天尤人死纏爛打輸打贏要，那是低級賭徒的撒野行徑。寫文章也像下棋，要花心思布局經營設計和錘煉，但切記結果再好、勝也好負也好都只不過是紙上逼真的畫餅，人家在烤箱內拿三兩個熱騰騰的炊餅出來與你對陣，結果一定是看餅者少啖餅者多；說一大堆抽象價值或非物質文明文化文學或文藝意義，倒不如灑脫地推枰斂手。倘對手是同道中人，也畫幾枚逼真的餅，看誰的畫餅可以下酒，那才真有意思。

活了半輩子才稍稍明白畫餅與推枰間互動的微妙關係。作家需要有認真畫餅的態度也要有適時推枰的風度。用心畫餅，瀟灑推枰；不失真我亦不失風度。莫言在諾獎謝詞中說「文學和科學相比較，的確是沒有甚麼用處，我想但是文學的最大的用處，也許就是它沒有用處」，看來莫言深明畫餅之道。文字畫餅可以畫到拿下諾貝爾文學獎，用以充飢的始終是豐厚的獎金而不是那枚畫餅。

馬悅然認為如果沈從文多活半年，就會成為第一個獲諾貝爾文學獎的中國作家；我認為這舊賬大可不必再翻。沈從文的《中國古代服飾研究》初稿在文革歲月被當時的「軍代表」「代為消毒」，他一聲不響在一九六九年把作品重寫出來足見他畫餅畫得認真而且功力深厚。沈從文拿不到諾獎對馬悅然來說是博浪沙上「惜乎不中」的大鐵椎，而我卻認為是「其難如此」的天作巧遇——當然，二者都可以是下酒的好藉口。一九八七及一九八八年沈從文兩度名列諾獎候選名單中，沈先生最後微笑推枰，享年八十六歲。遺言是：「我對這個世界沒有甚麼好說的。」

散文的可能

羅樂敏

散文是怎樣的文體？我們大概知道，但要給出定義，說出散文寫作的方法，恐怕不容易。朱少璋先生適逢他第八本散文集《梅花帳》出版，在二〇一五年一月於商務印書館舉行了一個講座，講座的題目是「散文的可能」。在講座裏，他總結了多年創作散文的心得，雖未必能放諸四海皆準，但聽他妙語連珠，娓娓道來，聽眾倒不難明白一句老話：文如其人！

朱先生在古典詩和現代散文兩種文類之間遊走，新書《梅花帳》用古體詩詠今時物，再配以充滿意趣的抒理散文，鍾情古典文學的讀者自能品味箇中意蘊，年輕的讀者也能從日常的事物領悟一位古典文學研究者觀看世界的方法，到底朱先生如何做到？他在講座開宗明義，說要分享的是個人創作經驗，不一定有普及意義，更不是教授習作的寫作方法。以下是他談談十八年來從事散文創作的種種嘗試和苦樂。

散文的無限可能

回顧過去的創作路，朱先生不無自嘲，點出數個出版和寫作的趣事。《拾貝》是首本散文集，是「出賣親朋戚友」的傳統散文；《輕描淡寫》不想重複，又欲乘勝追擊，故出版了較理性的雜文，略欠散文意趣，急急就章。至於《塵土雲月》和《佯看羅襪》乃是關於香港本土文化的散文，《佯看羅襪》主要是編纂《塵土雲月》後的餘稿，自認為是「市場毒藥」，又收入當年在《星島日報》撰寫的專欄文章，論及時事，故傳統香港專欄式的散文較多，後來相隔七年之久，才出版獲得香港中文文學雙年獎散文組首獎的《灰闌記》。

《灰闌記》這本集文化、文學、歷史、藝術典故的散文集能夠順利出版、獲獎，給朱先生很大的啟示：原來這樣的散文是有讀者的，即使可能屬於小眾。到了《隱指》，朱先生寫得更順心，不理篇幅，喜歡便寫，其中三篇文章的緣起，更讓他明白何謂「散文的可能」。

先是〈奉橘與趙佶〉，此篇是為出版社的紀念文集而寫的，從王羲之的奉橘帖一直寫到宋徽宗趙佶，把心中的散文樣式悉心呈現。之後是〈墜向梅梢下的紫玉燕釵〉，乃應小思老師的稿約，談任劍輝、白雪仙與唐滌生的劇藝關係，他使出拿手好戲，歌詞、場景互相穿插，這篇稿得小思老師採用刊登，朱先生自言得到莫大的鼓勵。另一篇〈吳江風義續靈芬〉也是應書稿之約，緬懷舊時上海文人互相推許、欣賞的美德，順心寫來卻遭退稿，大概因為穿插的引文太多，談及的又多是歷史人物，給人「學術論文」的錯覺，但他也不禁想：「為甚麼這不是散文？」

出版《隱指》之後，朱先生給自己兩句訓勉話：難以盡如人意，知我者當能諒我，並堅持「宅男」式寫作，寫自己喜歡和擅長的題材，他認為太強烈要世界喜歡自己，便是媚俗了。其後，再出版了《小字雙行——荼蘼花事箚記》和《梅花帳》。寫作多年，他終有所領悟：「開頭覺得沒甚麼可能，後來覺得很有可能，自從我知道有人如何定義散文之後，散文甚麼可能都有。」

十八年來的嘗試

對於散文寫作的嘗試，朱先生提出題材的可能、形式的可能和組合的可能。

題材上的可能是指一般散文以抒發感情為尚，彷彿不寫親情、愛情、友情便不似散文，但如果自覺處理不好這些題材，作者可以寫別的，不宜畫地為牢。他指出理趣未必不動人，正如一般人認為唐詩比宋詩好，但古人也有所謂「感之以情，動之以理」，宋詩以議論入詩也不容易，是以題材應該是海闊天空的。

至於有作家反對以文學文化為題材的散文，認為那是學者式散文，是「拋書包」，朱先生不認同，他說：「這麼說來，老殘寫遊記，豈不是『拋背包』？」賣弄知識固然不好，但是穿插得好，便是好散文，他期望有合格的讀者去欣賞，而不是看到看不懂的引文，便抹殺作者的創作嘗試。

形式上的可能首談篇幅的長短。他認為，精簡是相對的，用一千字寫五百字字的內容，便冗長了；如果文章本要十萬，用五萬字寫好，便算精煉。所以，散文是否寫得好，與長短沒有關係。《小字雙行》是一篇四萬字的散文，主題需要這個篇幅，可惜市場反應冷淡。至於《梅花帳》則收錄了數百字的散文，在短小的篇幅裏讓讀者淺嘗美文，猶如美食不可多吃，淺嘗即止才有餘甘，不失為一種美學嘗試。

形式上另一可能，是古和今的融合，朱先生引用余光中先生的話：「白以為常，文以應變」，古典的元素是很好的養分，他自言常在文句裏穿插古典詞彙，巧妙地轉化文言句式。另外，《小字雙行》裏部分行文仿效了古代的夾注，正文使用較大的字體，補充說明或插敍則以雙行小字直接附在正文文句之後，既是古為今用，也讓讀者有嶄新的閱讀體驗。

至於組合上的可能，則有楔子的運用、詩和文的組合，以及詩和畫的組合。自《隱指》開始，朱先生不寫自序，但仍想讀者有時間進入閱讀狀態，於是便像元朝的雜劇，運用楔子，成為散文集的序幕，以交代其主題和精神。他自言寫的往往是小眾文章，是野故事，楔子讓讀者有閱讀的預備，他們會讀得順心。至於詩和文的結合，朱先生向古典文學經典取經，指出多個詩文結合的例子，例如〈桃花源詩並序〉、〈贈白馬王彪詩並序〉、〈琵琶行並序〉等，讀者往往只熟讀其詩或其文，卻忽略其餘，其實當中詩和文的訊息和主題或許重複，但由於文類不同，寫法、重點也有不同，是可互相補足，引發更多聯想。

《梅花帳》的抒理意趣

《梅花帳》每篇短文以古詩開首，這次的新嘗試是詩、文、畫三結合，特別邀請了澳門的藝術家亞正，為每篇文章配圖。亞正的畫有水墨和漫畫的趣味，也了解文章的深意，例如〈鵝肝〉一文，亞正不畫別的，畫下向鵝灌食的過程，突顯了文中詩句的道德思考：「催肥強飼食何歡。厚味珍饈下嚥難。世事公平君莫訝，喪心換得大鵝肝。」畫中向鵝灌食的鵝農無情也無知，恰似早已用良心換作高價出售的鵝肝。又如為了〈紅豆〉的題詩：「譜牒名同實不同。冰淩和乳雪杯中。可憐二八盈盈女，錯買相思怨豆紅。」亞正畫了一位少女在吃紅豆冰，似睹物思人，可惜杯中紅豆不是王維詩中的相思豆，當中的情感也枉託了。兩個例子說明了畫面正好更立體地呈現詩和文的內涵，使閱讀的體驗更為豐富。

這種運用聯想的軟性議論，朱先生稱之為「抒理」，不是以建立嚴謹論證為目的，而是抒發對世事的看法。《梅花帳》中的二十七篇短文，結合了朱先生創作散文種種可行又合理的想法——古和今、學問和意趣、詩文畫共冶一爐——煉成酣暢淋漓的生活美文。

《梅花帳》二版補記

寫書法的人有時會以「某」代「梅」、以「華」代「花」。「梅花」親切易懂，「某華」在理解上始終多了一重轉折，不利直觀，難倒了部分讀者。把「梅花」寫成「某華」，也許是藝術上的考慮也許是故作懷舊的賣弄，箇中理由並不容易理得清，但效果倒是具體的，是好是壞，讀者自有判斷。

潮流浩蕩，刻意復古或無端懷舊都是自討沒趣，大可不必，但作品略參古意卻非不可行。我先後分別在三次中文文學雙年獎的得獎感言中直接或間接地提及散文創作與古典元素、與中國大傳統的關係，都是個人的創作自白，卻絕非甚麼不傳之秘不二法門。我由《灰闌記》到《隱指》到《小字雙行》到《梅花帳》，下筆處處不忘古典，到二〇一六年在香港文學節《梅花帳》的導讀會上正式提出「古典陌生化」的想法，算是近十年來散文創作心得的一點總結。

出版社決定重印《梅花帳》，大概是首刷書都賣光了而尚有讀者還未買書的意思。首二刷合共約二千冊書，這二千冊書的讀者也許都能領會《梅花帳》的古典意趣，倘真的把「梅花」寫作「某華」，這二千位讀者應該不會感到費解。

宋代的李唐說：「雲裏煙村雨裏灘，看之容易作之難。早知不入時人眼，多買胭脂畫牡丹。」詩句隱約帶點不平與自負。「時人眼」忽青忽白向來不易掌握，討好更難，畫雲村繪雨灘是難是易從來只有作者自知。寫畫也好寫文章也好，能夠讓讀者「看之容易」，已算難得。

二〇一七年七月於浸會大學東樓

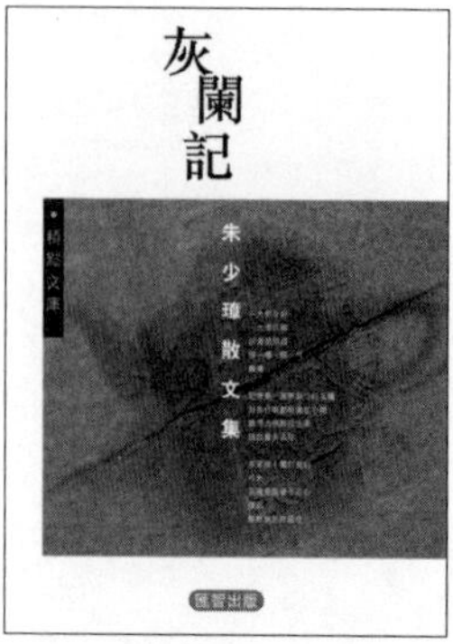

灰闌記——朱少璋散文集

一個唸中國文學在大學教語文愛好粵劇戲曲書畫金石古籍陳年普洱業餘兼寫散文小說古典詩學術論文且已有一妻兩子一貓而年過四十的香港基督徒把記憶中那一塊塊斑駁的鏽蝕面湊拼成一段段文字歲月流逝無聲文筆書寫有情讀者也許可以在這輯散文中找到一點點的共鳴。

* 本書榮獲第十屆香港中文文學雙年獎散文組首獎

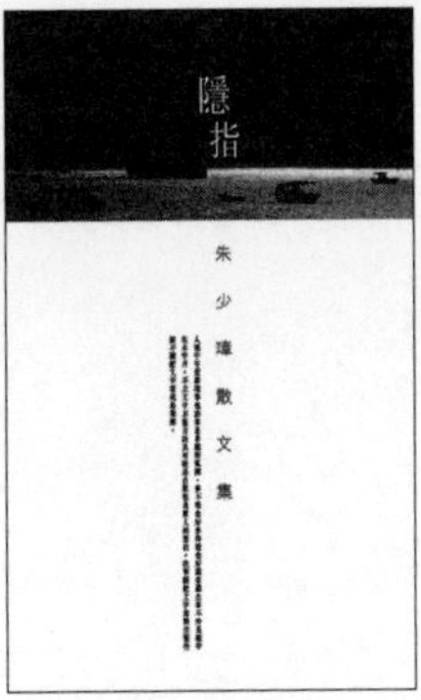

隱指——朱少璋散文集

汪曾祺說印章鈐在紙上那印色微微鼓起的狀態，原來叫作「隱指」。但願《隱指》中的文章也跟汪曾祺說的大劈砂印色一樣有那「隱指」的效果：不必太過突出卻又不會予人平板的感覺，文字讀起來清清楚楚。夠了。

＊本書榮獲第十一屆香港中文文學雙年獎散文組推薦獎